Bereits erschienen:

MAGIC GIRLS

Der verhängnisvolle Fluch
978-3-7607-2823-0

Das magische Amulett
978-3-7607-2824-7

Das Rätsel des Dornenbaums
978-3-7607-4055-3

Gefangen in der Unterwelt
978-3-7607-4179-6

Die große Prüfung
978-3-7607-5055-2

Späte Rache
978-3-7607-5230-3

In geheimer Mission
978-3-7607-6378-1

Die Macht der Acht
978-3-7607-6680-5

Der dunkle Verräter
978-3-7607-8355-0

Der goldene Schlüssel
978-3-7607-8466-3

Marliese Arold

MAGIC GIRLS

Das Rätsel des Dornenbaums

arsEdition

Bibliografische Information der Deutschen Nationalbibliothek
Die Deutsche Nationalbibliothek verzeichnet diese Publikation in der Deutschen Nationalbibliografie; detaillierte bibliografische Daten sind im Internet über http://dnb.d-nb.de abrufbar.

11 10 9 8 7 15 14 13 12

Text: Marliese Arold
Umschlaggestaltung und Illustration: elektrolyten, Petra Schmidt, München
Layout: Stefanie Sand
ISBN 978-3-7607-4055-3

www.arsedition.de

Inhalt

Schwarzer Zauber kommt oft wie ein Bumerang zurück

Leer!«

Elena betrachtete entsetzt das Terrarium. Der Grüne Leguan war verschwunden. Sie öffnete den Deckel, schob die Blätter beiseite und vergewisserte sich, dass das Tier sich nicht doch irgendwo versteckt hatte. Aber sie hatte sich nicht getäuscht.

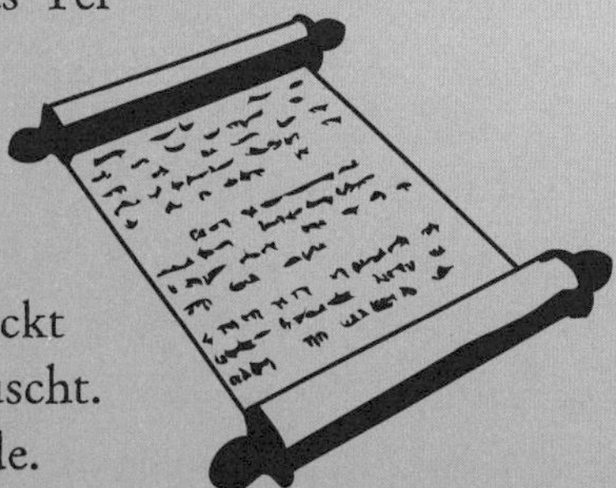

Sie spürte, wie ihre Kehle eng wurde. Tränen drängten sich in ihre Augen. Papa war weg!

Vor einigen Monaten war Leon Bredov von den Zauberrichtern dazu verurteilt worden, sein Leben fortan als Grüner Leguan zu fristen. Elena hatte ihren Vater immer mit saftigen Löwenzahnblättern gefüttert und nie die Hoffnung aufgegeben, dass er sich eines Tages zurückverwandeln würde.

Und jetzt das!

Elena tastete im Terrarium herum. Plötzlich schlossen sich ihre Finger um einen Zettel. Nanu?

Es war eine Schriftrolle. Elena hatte keine Ahnung, wie diese ins Terrarium gekommen war. Ihre Hand zitterte, als sie die Schriftrolle herausnahm und auseinanderrollte. Die Buchstaben darauf waren rot.

Elena las:

WIR HABEN DEINEN
VATER ENTFÜHRT!
DU WIRST IHN NIEMALS
LEBEND WIEDERSEHEN!
DIE SCHWARZEN ZAUBERKUTTEN

An dieser Stelle wachte Elena auf. Sie saß aufrecht in ihrem Bett und war schweißgebadet. Ihr Herz pochte schnell.

Nur ein Traum! Zum Glück …

Elena seufzte. Sie blickte auf den kleinen Wecker, der auf dem Nachttisch stand. Es war halb fünf. Stöhnend ließ sie sich wieder zurückfallen. Sie konnte noch gut zwei Stunden schlafen, bis sie aufstehen und sich für die Schule fertig machen musste …

Mit geöffneten Augen starrte sie auf den Baldachin über ihrem Bett. Als sie mit den Fingern schnippte, fingen die Sterne auf dem Stoff an zu leuchten. Es war beruhigend. Man konnte sich einbilden, auf einer Wiese zu liegen und den Nachthimmel zu betrachten.

Langsam kam die Erinnerung an den gestrigen Abend zurück. Papa! Elena konnte es noch immer nicht fassen, was geschehen war. Papa hatte sich vor ihren Augen in seine menschliche Gestalt zurückverwandelt. Und dann hatte er der überraschten Familie erklärt, dass seine angebliche Verurteilung ein abgekartetes Spiel gewesen war, um die *Schwarzen Zauberkutten*, eine verbotene Vereinigung von Schwarzmagiern, an der Nase herumzuführen. In Wirklichkeit war Papa ein Geheimagent und in wichtiger Mission unterwegs. Er sollte herausfinden, wo sich Mafaldus Horus, ein mächtiger Zauberer, verborgen hielt.

Mafaldus Horus

Einer der größten Schwarzmagier. Er soll über dreihundert Jahre lang gelebt haben. Seine Vorfahren stammen aus dem alten Ägypten, einer seiner Urururururgroßväter soll angeblich der Mörder Seth gewesen sein, der seinen Bruder Osiris getötet hat.

Mafaldus Horus entwickelte eine spezielle Magie und verfügte über einzigartige Zaubersprüche. Er besaß außerdem ein wertvolles Amulett, in dessen Mitte sich ein roter Stein befindet. Es heißt, dass dieses Amulett seinem Träger ungeahnte Kräfte verleiht, außerdem soll es den Zugang zum Totenreich öffnen können.

Elena und ihre Familie hatten die Überraschung kaum verdaut, da machte sich Papa schon wieder auf den Weg. Elena hatte ihm das Amulett geben müssen, das sie in seinem Käfig gefunden und seitdem sorgfältig versteckt hatte. Das Amulett musste sehr starke magische Kräfte besitzen. Papa hatte es an sich genommen und war dann gleich darauf verschwunden. Er musste wieder zurück in die Hexenwelt, um dort die *Schwarzen Zauberkutten* zu verfolgen.

Elena und ihre Familie aber waren noch immer im HEXIL. Sie hatten freiwillig einen Aufenthalt in der Menschenwelt auf sich genommen, um die Ehre der Familie wiederherzustellen. Denn durch Leons Verurteilung hatten sie in der

Hexenwelt nicht nur ihr Vermögen, sondern auch ihr Ansehen und ihren guten Ruf verloren.

Großmutter Mona war auf die Idee mit dem HEXIL gekommen. Es war nämlich dringend nötig, die Erkenntnisse über die Menschen auf den neuesten Stand zu bringen. Das Buch von Adrian Freitag Zwigge *Vom Umgang mit Menschen* – ein Standardwerk über die Menschen und ihr Verhalten – war inzwischen veraltet und entsprach nicht mehr ganz den heutigen Tatsachen.

Elena zuckte zusammen, als plötzlich ihre Zimmertür aufging und Miranda hereinkam. Miranda Leuwen war ihre beste Freundin. Die offizielle Version in der Menschwelt war allerdings, dass Miranda sich als Elenas Cousine ausgab, die bei den Bredovs lebte, weil ihre Eltern umgekommen waren. In Wirklichkeit waren Mirandas Eltern in der Hexenwelt wohlauf und putzmunter. Miranda teilte freiwillig das HEXIL mit den Bredovs, weil sie sich so sehr für die Menschen interessierte und überlegte, ob sie später vielleicht einmal Diplomatin werden sollte.

»Hallo, Elena, bist du wach?« Ohne eine Antwort abzuwarten, setzte sich Miranda auf Elenas Bettkante. Sie wirkte genervt. »Also – ich finde es total unfair, dass du mir nichts gesagt hast!«

Elena stützte sich auf ihre Ellbogen. »Ich bin ja auch völlig überrascht, dass Papa als Geheimagent arbeitet. Das hab ich echt nicht gewusst, Ehrenwort!«

Miranda winkte ab. »Das meine ich nicht.« Sie sah Elena streng an. »Du bist verliebt, gib es zu!«

»Verliebt – ich?« Elena war verdutzt. »Wie kommst du denn darauf? Und in wen denn?«

Der Beruf des Hexendiplomaten

Wegen der grausamen Hexenverfolgungen, die in der Vergangenheit stattgefunden haben, sind die Beziehungen zwischen Menschen und Hexen sehr angespannt. Die Hexen ziehen es vor, in ihrer eigenen Welt zu leben. Kontakte zu Menschen finden nur selten und in Ausnahmefällen statt, und selbst dann kommt es leicht zu Konflikten.
Auf beiden Seiten gibt es inzwischen sehr viel Unkenntnis und eine Menge Vorurteile. Es ist daher äußerst wichtig und für die Zukunft wünschenswert, dass endlich vernünftige Gespräche zwischen den Menschen und den Hexen geführt werden und dass die gegenseitige Verachtung und Verunglimpfung aufhört.
Ein Hexendiplomat könnte zunächst vermittelnd eingreifen und Aufklärung betreiben, um erste Gesprächsgrundlagen zu schaffen. Wünschenswert wären langfristig eine funktionierende Kommunikation, Handelsbeziehungen und gegenseitiger Tourismus.

Voraussetzung für den Beruf des Hexendiplomaten:

- hervorragende magische Fähigkeiten
- Aufgeschlossenheit
- Verhandlungsgeschick und Einfühlungsvermögen
- gute Menschenkenntnis
- Vertrautheit mit menschlichen Sitten und Gebräuchen
- möglichst ein mehrjähriger Aufenthalt bei den Menschen

Miranda holte tief Luft und setzte zu einer Gardinenpredigt an. »Du brauchst dich vor mir nicht mehr zu verstellen! Bin ich nicht deine beste Freundin? Haben wir uns nicht immer alles erzählt? Warum hast du jetzt Geheimnisse vor mir?« Sie hielt beleidigt ihre Nase in die Luft.

»Ich weiß überhaupt nicht, wovon du redest«, beschwerte sich Elena.

»Na, von *Amormagie*!«, antwortete Miranda und sah Elena in die Augen. »Heute Nacht war der Teufel los! Auf meiner Bettkante saßen gleich vierzehn Rebhühner – vierzehn Stück! Und unter meinem Schreibtisch steckte ein Ziegenbock seinen Kopf hervor und meckerte. Ich habe mich fast zu Tode erschrocken! Zuerst dachte ich, es sei eine Rache der *Schwarzen Zauberkutten* oder so und sie hätten uns böse Geister geschickt. Aber dann platzten die Rebhühner – eins nach dem anderen –, und ich wusste, dass es sich um *Amormagie* handelt. Erzähl mir bloß nicht wieder, dass Daphne schuld ist! Daphnes *Amormagie* sieht anders aus. Das war deine *Amormagie*, Elena, hundertpro!«

Wenn eine verliebte Hexe schlief und heftig träumte, produzierte sie manchmal unwissentlich Geistererscheinungen, die durchs ganze Haus wanderten. Diese Geister waren an sich völlig harmlos, reichten aber durchaus aus, andere Leute zu erschrecken.

»Aber ich hab überhaupt nicht von Jungs geträumt«, sagte Elena genervt.

»Denk nach!«

»Mach ich ja schon.« Elena versuchte sich zu erinnern, aber das Einzige, was ihr einfiel, war der Traum von dem leeren Terrarium. »Ich habe geträumt, dass der Leguan entführt worden ist …«

»Du verdrängst die Erinnerung«, behauptete Miranda. »Ich wette, da steckt Kevin dahinter!«

»Kevin?«

Kevin war der Bruder von Elenas und Mirandas Menschenfreundin Nele Hermann. Er war fünfzehn und hatte sich in letzter Zeit stark für Elena interessiert, das war selbst für Außenstehende nicht zu übersehen gewesen. Elena fand seine Annäherungsversuche aber eher lästig. Aber noch schlimmer war, dass Kevin zusammen mit seinem Freund Oliver versucht hatte, hinter das Geheimnis der Familie Bredov zu kommen. Gestern Abend, jener Abend, an dem Leon Bredov wieder Mensch geworden war, hatten die beiden Jungs Dinge gesehen, die sie auf keinen Fall hätten sehen dürfen – und deswegen hatte Oma Mona einen Teil ihrer Erinnerung gelöscht.

»Kann sein, dass ich auch was von Kevin geträumt habe«, räumte Elena zögernd ein. »Wegen gestern Abend. Ja – jetzt weiß ich es wieder!« Ihr Gesicht verdüsterte sich. »Er hat herausgefunden, dass wir Hexen sind, und dann –«

»Und dann?«, fragte Miranda gespannt.

Elena überlegte. Die Erinnerung an den Traum war sehr verschwommen.

»... und dann habt ihr euch geküsst!« Miranda grinste breit bei dem Gedanken.

»Quatsch!« Elena wurde rot. »Ich habe mich so geärgert, weil Kevin herausgefunden hat, dass wir Hexen sind, dass ich ihn in einen Ziegenbock verwandeln wollte. Ich weiß nicht, wie es weitergegangen ist. Ich bin nämlich aufgewacht, weil ich aufs Klo musste.«

»Aha.« Miranda sah Elena triumphierend an. »Kevin ist dir nicht gleichgültig, gib es endlich zu.«

Elena schielte zum Wecker. Viertel vor fünf. Entschieden zu früh für so ein Verhör.

Mirandas Fragerei nervte sie allmählich. Elena gähnte demonstrativ.

»Hör mal, können wir ein andermal weiterreden? Ich hab nämlich total schlecht geschlafen ...«

»Und ich erst!« Miranda stand mit einem Ruck auf. Sie strich ihr hellblondes Haar zurück und funkelte Elena an. »Glaubst du, es ist schön, wenn auf einmal vierzehn Rebhühner auf deinem Bett sitzen? Und erst der Ziegenbock! Er hat sogar gestunken! Gratuliere, Elena, du musst ziemlich starke Hexenkräfte haben, wenn deine *Amormagie* auch Gerüche produziert.«

Sie rauschte aus dem Zimmer. Elena verdrehte die Augen und kuschelte sich wieder unter ihre Bettdecke. Doch an Schlaf war nicht mehr zu denken. Zu viel ging ihr im Kopf herum.

Hoffentlich hatte Oma Monas Magie tatsächlich funktioniert, sodass Kevin und Oliver nicht mehr wussten, was sie am gestrigen Abend gesehen hatten. Elena rief sich Kevins Aussehen ins Gedächtnis zurück. Er war groß und kräftig, hatte rote Haare und blaue Augen und eine ganze Menge Sommersprossen. Elena horchte in sich hinein und versuchte herauszufinden, ob ihr Herz beim Gedanken an Kevin schneller schlug. Miranda behauptete, Herzklopfen und weiche Knie seien untrügliche Anzeichen von Verliebtheit. Dazu komme oft noch ein merkwürdiges Gefühl im Bauch, das sich wie ein leichtes Kribbeln anfühle, sich aber auch zu richtigen Magenschmerzen ausweiten könne ...

Kevin! Ja – Elenas Herz schlug tatsächlich etwas schneller, aber nur, weil sie Angst hatte, dass er ihr und ihrer Familie eines Tages doch noch auf die Schliche kommen könnte. Wenn bekannt wurde, dass die Bredovs Hexen waren, konnten sie große Schwierigkeiten bekommen …

»Von wegen verliebt!«, murmelte Elena ärgerlich und drehte sich auf die andere Seite. »Da bildet sich Miranda echt was ein!«

An der *Amormagie* in der letzten Nacht war garantiert doch wieder ihre fünfzehnjährige Schwester Daphne schuld, unter deren Dauerverliebtheit die ganze Familie litt. Elena hatte den Verdacht, dass Daphne manchmal auch mehrgleisig fuhr, denn eigentlich war sie fest befreundet mit Gregor van Luren, einem jungen Hexer, der aber leider in der Hexenwelt lebte. Daphne war jedoch nicht der Typ für Fernbeziehungen. Selbst wenn sie Gregor fast täglich per *Transglobkom* ewige Treue schwor (nachdem sie sich erst einmal heftig gezankt hatten!), so hinderte der Schwur sie keineswegs daran, abends mit einem Klassenkameraden auszugehen und sich zu amüsieren. Daphnes Stimmungsschwankungen und Wutanfälle aufgrund ihrer Verliebtheit waren schwer zu ertragen. Am schlimmsten jedoch fand Elena die Tatsache, dass sich eine verliebte Hexe nicht mehr auf ihre Zauberkräfte verlassen konnte. Die Hormone brachten einfach alles durcheinander. Ein schwacher Zauber konnte viel kräftiger ausfallen und ein starker vollkommen ohne Wirkung bleiben. Wer verliebt war, hatte einfach keine Kontrolle mehr – und das wollte Elena um jeden Preis vermeiden.

Über diesen Gedanken schlummerte sie nun doch ein und schlief tief und traumlos, bis sich der Wecker neben ihrem Bett lautstark meldete.

Beim Frühstück gab es für die Bredovs natürlich nur ein Thema: Leons Arbeit als Geheimagent.

»Ich finde, er hätte uns einweihen müssen«, sagte Mona. »Seinetwegen haben wir eine Menge aushalten müssen. Wenn ich an diesen schrecklichen *Outsider-Hill* denke! Grässlich. Es war maßlos egoistisch von Leon, dass er uns nichts gesagt hat.« Sie konzentrierte sich. Das Messer neben ihrem Teller erhob sich und köpfte mit einem einzigen Schlag das weich gekochte Ei. Mona lächelte stolz. Es war ein glatter Schnitt, einfach perfekt.

»Eier köpft man nicht mit dem Messer«, wandte Miranda ein, die sich mit den menschlichen Benimm-Regeln inzwischen am besten auskannte.

»Wie denn sonst?«, fragte Mona.

»Man klopft mit dem Kaffeelöffel die Schale weich und pult sie dann vorsichtig mit den Fingern ab«, sagte Miranda.

»Pah, wie umständlich«, murmelte Mona. »Da ziehe ich meine eigene Methode vor.«

»Leon konnte uns nichts sagen, weil alles *geheim* war«, nahm Jolanda ihren Mann in Schutz. »Wir hätten uns vielleicht anders verhalten, und das hätte seinen Auftrag gefährden können.«

»Ist Papa jetzt ein Held?«, wollte Rufus, Elenas vierjähriger Bruder, wissen. »Genau wie James Bond?«

»Woher kennst du denn James Bond?«, fragte Elena überrascht. Sie selbst kannte sich erst ein bisschen mit den menschlichen Fernsehhelden aus. In der Hexenwelt gab es kein Fernsehen, und Elenas Freundinnen Nele und Jana lachten manchmal, weil Elena meistens überhaupt keine Ahnung hatte, wenn über bekannte Filme oder Serien geredet wurde. Diesen Film hatte sie aber vor Kurzem mit ihren

Freundinnen im Kino gesehen. »Von Lukas«, antwortete Rufus.

Rufus kannte Lukas aus dem Kindergarten, und in der letzten Zeit spielten sie oft nachmittags miteinander. Jolanda war sehr froh, dass auch Rufus endlich Anschluss gefunden hatte. Nun runzelte sie allerdings die Stirn.

»Wenn du bei Lukas bist – guckt ihr da Fernsehen?«

»Na klar, was sonst?«

»Aber James Bond ist doch noch gar nichts für euch«, mischte sich Elena ein.

»Wieso nicht?« Rufus machte ein unschuldiges Gesicht. »Es kracht da so schön ... und Autos brennen ...«

Jolanda seufzte. »Ich werde mal ein Wörtchen mit Lukas' Mutter reden müssen, fürchte ich.«

»Darf ich im Kindergarten erzählen, dass mein Papa Geheimagent ist, so wie James Bond?«, fragte Rufus.

»Bist du des Teufels?«, fauchte Mona. »Zu niemandem ein Wort, nicht mal zu Lukas! Kapierst du das oder muss ich dich verhexen?«

»Sei nicht so grob zu deinem Enkel«, sagte Jolanda. »Rufus ist sehr klug für seine vier Jahre, und natürlich wird er nichts ausplaudern, nicht wahr?« Sie wandte sich an Rufus. »Du verstehst doch, dass wir keine Schwierigkeiten bekommen wollen.«

Rufus nickte ernsthaft. »Ja, Mama.« Er schnippte mit den Fingern. Das Toastbrot sprang aus dem Toaster und machte einen Salto.

»Ob Papa viel Geld bekommt, wenn er seinen Auftrag erfüllt hat?«, überlegte Daphne. »Dann könnten wir uns vielleicht eine tolle Villa leisten.«

»Aber Kind, wir *haben* eine tolle Villa«, sagte Jolanda.

»Ja, hier«, entgegnete Daphne. Der Hexilbeauftragte, ihr »Betreuer« sozusagen, hatte ihnen in der Menschenwelt ein Zuhause besorgt, das keine Wünsche offen ließ. »Ich meine in der Hexenwelt. Oder habt ihr etwa vor, für immer hierzubleiben?« Sie tippte sich an die Stirn. »Dann bitte ohne mich! Ich werde mit Gregor zusammenziehen!«

»Daphne, du bist erst fünfzehn!«, sagte Jolanda streng. »Und du wirst mit *niemandem* zusammenziehen, jedenfalls jetzt noch nicht.«

Daphne äffte sie nach. »*Du wirst mit niemandem zusammenziehen, jedenfalls jetzt noch nicht!* – Beim Orkus, seid ihr spießig!«

Elena war die Einzige, die einen Blick auf die Uhr warf. »Oje, schon Viertel vor acht! Wir müssen los.« Sie stellte ihre Tasse, die halb ausgetrunken war, auf die Untertasse zurück und sprang auf. »Bestimmt kommen wir heute zu spät!«

»Ts, ts, ts, immer diese Tyrannei mit der Zeit«, sagte Mona. »Das nervt mich hier in der Menschenwelt am meisten.« Sie streckte ihren Zeigefinger aus, und der Zeiger auf der Uhr wanderte um zehn Minuten zurück.

»Mutter, was tust du da?«, fragte Jolanda entsetzt.

»Das siehst du doch. Ich habe die Zeit ein wenig zurückgedreht.«

»Aber das kannst du doch nicht einfach machen. Die Züge, die Fahrpläne – das gibt bestimmt ein Riesendurcheinander.« Jolanda war ganz blass geworden.

»Du machst dir immer viel zu viele Sorgen, meine Liebe.« Mona ließ sich nicht aus der Ruhe bringen. »Jetzt können wir zu Ende frühstücken und dann fahre ich die Mädchen in die Schule.«

»Mich nicht.« Daphne war aufgestanden. »Ich werde zum Glück abgeholt und muss nicht mitfahren.«

»Zum Glück?«, fragte Mona mit hochgezogenen Augenbrauen. »Warum zum Glück?«

»Hat dir noch niemand gesagt, wie grottenschlecht du Auto fährst?« Daphne schüttelte den Kopf. »Du solltest endlich mal ein paar Fahrstunden nehmen, Oma!«

Bevor Mona etwas erwidern konnte, fiel die Küchentür hinter Daphne zu.

Einmaleins der Zeitmagie (nur für erfahrene Hexen und Zauberer!)

Die Zeitzauberei ist ein spezielles Kapitel der höheren Magie. Sie kann sehr praktisch sein, aber auch fatale Folgen haben. Deswegen sei jede Zeitmagie gut überlegt!

Es gibt verschiedene Möglichkeiten:

- die Zeit vorstellen
- die Zeit zurückstellen
- die Zeit wiederholen, sodass immer wieder derselbe Tag abläuft
- Zeitlupe: Die Zeit verläuft insgesamt langsamer, alle Personen scheinen zu schleichen und sich nur im Schneckentempo zu bewegen. Nur die Hexe ist davon nicht betroffen. So kann sie viele zusätzliche Dinge erledigen und ist ihrer Umgebung immer eine Nasenlänge voraus.
- Zeitraffer: Die Zeit verläuft schneller, alle scheinen zu rennen. Lediglich die Hexe bewegt sich im normalen Tempo. Zeitraffer ist gut, um beispielsweise langweilige Wartezeiten oder lange Reisen zu überbrücken.
- durch die Zeit reisen – in die Vergangenheit oder in die Zukunft (höchste Stufe der Zeitmagie)

Mit Zeitmagie lässt sich ein unglaubliches Chaos anrichten, wenn man sie nicht bis ins Detail beherrscht. Deswegen sei vor gedankenloser Anwendung nachdrücklich gewarnt!

Dreimal täglich Zauberei macht die Hexe stark und frei!

Daphne hatte recht: Monas Fahrkünste waren grauenhaft. Elena und Miranda erlebten es jeden Morgen, wenn sie zur Schule mussten – außer wenn Jolanda sie hinfuhr. Mona stand mit der Technik nun einmal auf Kriegsfuß. Vom Hexilbeauftragten hatten beide Frauen einen Führerschein bekommen und durften deswegen Auto fahren, ohne je eine einzige Fahrstunde genommen zu haben. Und entsprechend war ihr Fahrstil, genau genommen Monas Fahrstil!

Auch heute schwitzte Elena auf der Rückbank wieder Blut und Wasser, während Mona seelenruhig rote Ampeln überfuhr und anderen Autos die Vorfahrt nahm. Ein Radfahrer konnte gerade noch auf den Gehsteig ausweichen.

»Oma!« Elena schüttelte den Kopf. Sie hatte einen Heidenschreck bekommen. »Machst du beim Fahren eigentlich die Augen zu?«

»Bisher nicht, aber das ist eine gute Idee«, meinte Mona, schloss die Augen und lächelte. »Dann kann ich mich viel besser auf meine Gedanken konzentrieren. Dieser Verkehr ringsum lenkt bloß ab.«

Elena sah, wie das Blut aus Mirandas Gesicht wich.

»Nein, bitte nicht!«, rief sie. »Nicht blind fahren!«

»Keine Angst, Schätzchen, Leute wie ich fahren mit Instinkt!«, antwortete Mona.

»Mit Instinkt?«, fragte Miranda verwirrt.

Im selben Moment krachte es. Elena wurde nach vorne geschleudert, aber der Sicherheitsgurt hielt sie fest. Auf der Fahrer- und der Beifahrerseite gingen die Airbags auf.

»Was soll das denn?«, schimpfte Mona, befreite sich von ihrem Airbag und kurbelte die Fensterscheibe herunter.

Sie war frontal gegen einen grünen Ford gefahren. Die Kühler der beiden Autos klebten aneinander. Das Blech war grässlich eingedrückt, aber zum Glück war kein Insasse verletzt worden. Nach ein paar Schrecksekunden stemmte der Fahrer des Fords mühsam seine Tür auf, die sich verzogen hatte, stieg aus und kam mit hochrotem Kopf auf Mona zu.

»Haben Sie denn keine Augen im Kopf?«, brüllte er sie an.

»Doch.« Mona lächelte listig. »Sogar vier Stück.«

Elena sah, wie sie eine unauffällige Handbewegung machte. Sofort verdoppelten sich die Augen in Monas Gesicht. Sie hatte ein zweites Augenpaar auf der Stirn. Der Fahrer des Fords starrte sie ungläubig an.

»Oh Gott, das muss der Schock sein. Das gibt es nicht wirklich.«

»Vier Augen«, wiederholte Mona. »Und eines schärfer als das andere. Wer von uns hat nun Sehprobleme? Außerdem hatte ich Vorfahrt, sehen Sie.«

Eine zweite Handbewegung, und die Verkehrsschilder waren ausgetauscht – zu Monas Gunsten.

»Oma«, zischte Elena, »das geht doch nicht!«

»Und ob das geht, meine Liebe«, zischte Mona zurück. »Willst du etwa, dass man mir den Führerschein abnimmt?«

Das wäre Elena gar nicht so unrecht gewesen, denn dann müssten sie wenigstens morgens keine so halsbrecherischen Fahrten mehr erleben. Sie und Miranda könnten morgens gemütlich den Bus nehmen, und das wäre allemal nervenschonender als Monas Spritztouren.

Schon näherten sich zwei Polizisten, die gerade auf Streife waren, um den Unfall aufzunehmen. Sie kamen über die Straße und fragten Mona und den anderen Fahrer nach dem Namen und nach den Papieren.

Mona ließ rasch ihr überflüssiges Augenpaar verschwinden und lächelte die Polizisten freundlich an, während sie ihnen den Führerschein und den Fahrzeugschein überreichte.

»Hm«, brummte der Polizist, »wie ist es denn zu dem Unfall gekommen?«

»Die Dame ist einfach drauflosgefahren«, behauptete der Fahrer des Fords. »Frontal gegen meinen Wagen.«

»Ach was«, widersprach Mona. »Es war genau umgekehrt.«

Sie schnippte wieder mit den Fingern, und schon hatte der Fahrer eine gewaltige Alkoholfahne, die sogar Elena auf dem Rücksitz riechen konnte.

Die Polizisten rochen es natürlich auch und der Fahrer musste in ein Röhrchen blasen.

Ungläubig las der Polizeibeamte den Wert ab. »6,3 Promille«, hauchte er.

»Mit so viel Alkohol im Blut müsste er ja tot sein«, sagte der andere Polizist.

Skeptisch betrachteten sie den Fahrer.

»Das verstehe ich überhaupt nicht, ich habe keinen einzigen Tropfen getrunken«, lallte der Fahrer mit schwerer Zunge.

»Sie sehen, meine Herren, ich habe nicht die geringste Schuld«, sagte Mona ruhig und steckte die Papiere wieder ein. »Und nun lassen Sie uns das Ganze wie erwachsene Leute regeln. Ich muss die Mädchen zur Schule bringen, sie kommen noch zu spät!«

Sie legte den Rückwärtsgang ein. Die Airbags schrumpften und verschwanden wieder im Armaturenbrett. Als Mona den Wagen zurückstieß, beulte sich das Blech aus, und die Kühlerhaube ihres schwarzen Wagens war völlig unbeschädigt. Kein Kratzer, keine Beule – nichts.

»Oma, das kannst du doch nicht machen!«, protestierte Elena. »Du zauberst in aller Öffentlichkeit! Das ist verboten!«

Doch Mona reagierte überhaupt nicht auf ihre Bemerkung und fuhr los.

Die Polizisten starrten mit offenem Mund auf den Wagen. Mona winkte ihnen huldvoll zu, setzte noch weiter zurück und bog dann mit quietschenden Reifen nach rechts ab.

»Halt, und was ist mit meinem Wagen?«, rief ihr der Fahrer hinterher und deutete verzweifelt auf seinen zerbeulten Ford.

Mona gab Vollgas und ließ die Kreuzung hinter sich.

Elena war nass geschwitzt, als sie und Miranda vor der Schule ausstiegen. Die beiden Mädchen winkten Mona zu, dann schoss der Wagen davon.

»Ich finde, sie übertreibt es«, sagte Miranda. »Diesmal werden wir Ärger bekommen, jede Wette.«

Elena nickte. Davon war sie auch überzeugt.

Sie schlenderten über den Hof zum Schulgebäude. Vor dem Klassenzimmer warteten Nele und Jana.

»Mensch, ihr kommt spät«, empfing Nele die beiden Hexenmädchen. »Wir müssen unbedingt mit euch reden.«

»Wir wären noch später dran, wenn meine Oma nicht die Zeit um zehn Minuten zurückgedreht hätte«, antwortete Elena.

Sie wollte noch erzählen, dass Mona einen Unfall verursacht hatte, doch Jana fiel ihr ins Wort.

»Ehrlich – das war deine Oma? Im Radio haben sie vorhin durchgegeben, dass auf den Bahnhöfen völliges Chaos herrscht, weil sich kein Zug mehr an die Abfahrtszeiten hält. Die Bahn redet von einer massiven Störung in ihrem elektronischen Stellwerksystem.«

Nele grinste. »Deine Oma hätte lieber hexen sollen, dass die ersten beiden Stunden ausfallen.«

»Ja, das hätte vermutlich weniger Probleme gemacht.« Miranda krauste die Stirn.

»Könnt ihr das nicht?«, fragte Nele. »Ich meine, die beiden ersten Stunden ausfallen lassen?« Sie sah Miranda gespannt an.

»Gleich zwei Stunden?«, fragte Miranda. Sie war sehr pflichtbewusst. »Das ist ein bisschen viel. Aber ich könnte dafür sorgen, dass sich Frau Treller um eine halbe Stunde verspätet, in Ordnung?«

»Okay«, sagte Nele sofort.

»Was willst du machen?«, fragte Jana neugierig. »Frau Treller ist bestimmt schon im Lehrerzimmer. Sie kommt doch immer superpünktlich.«

»Sie wird einen Anruf bekommen.« Miranda zeichnete mit dem Zeigefinger Runen in die Luft. »Von ihrem Nachbarn. Er wird ihr sagen, dass er gerade gesehen hat, wie ein Einbrecher über ihre Terrasse gestiegen ist …«

Wie man einen Doppelgänger erschafft

Manchmal ist es nötig, an zwei Plätzen gleichzeitig zu sein, beispielsweise, um sich ein Alibi zu verschaffen.
Der Doppelgänger-Zauber ist Teil der höheren Zauberei, und zwar der Sparte »Grauer Zauber«. Hier sei eine Warnung angebracht:
Hexen, die noch kein Hexendiplom haben, sollten sich auf keinen Fall daran versuchen. Es ist viel zu gefährlich. Der Doppelgänger könnte sie erwürgen und dann ihren Platz im Leben einnehmen!
Überhaupt muss bei diesem Zauber bedacht werden, dass der Doppelgänger unter Umständen eigene Rechte beanspruchen kann. Dies vor allem dann, wenn man einen dauerhaften Doppelgänger zu erschaffen gedenkt. Unkomplizierter wird die Sache, wenn man von Anfang an festlegt, dass der Doppelgänger nur für eine kurze Zeit existieren soll, etwa für eine Viertelstunde. Die Instabilitäts-Konstante, die so ein Zauber beinhaltet, sorgt für ein rasches, spurenfreies Verschwinden, bevor der Doppelgänger etwaige Ansprüche anmeldet.

Beginnen wir also mit einem Fünf-Minuten-Double, die leichteste Übung:

Hilfreich ist es, ein Foto der zu verdoppelnden Person zu haben. Es geht auch mit einem Spiegelbild. Geübte Hexen brauchen überhaupt keine Vorlage.
Man konzentriere sich auf die betreffende Person und zeichne dann die Runen für die Begriffe »Leben«, »kurz« und »Wille« in die Luft. Dazu spreche man folgenden Spruch:

Invenio hominem (Ich erschaffe einen Mann.)
Oder:
Invenio feminam (Ich erschaffe eine Frau.)

Auf keinen Fall darf man vergessen, einen Schutzzauber um sich zu errichten!
Sobald der Doppelgänger auftaucht, kann man ihm Befehle geben. Wenn der Doppelgänger an einem entfernten Ort erscheint, reicht es, ihm per Gedankenkraft die Befehle zuzusenden. Er wird sie umgehend ausführen – vorausgesetzt, man hat alles richtig gemacht!

Jana presste die Hand auf den Mund. »Gleich ein Einbruch? Ist das nicht ein bisschen heftig?«

Miranda hielt mit dem Zeichnen inne. »Hast du eine bessere Idee?«

Jana zögerte kurz, dann schüttelte sie den Kopf. »Eigentlich nicht.«

»Der Einbrecher ist natürlich nur eine Art Fata Morgana«, erklärte Miranda. »Ein Phantom, das sich nach wenigen Minuten auflöst. Ich benutze dazu den praktischen Doppelgänger-Zauber. Der Nachbar sieht sich eigentlich selbst, erkennt sich aber nicht, weil sein Doppelgänger eine Gesichtsmaske trägt.«

Sie murmelte vor sich hin. Elena verstand nur »*Invenio hominem*«. Sie wurde ein bisschen neidisch auf Miranda, weil sie diesen Zauber mit leichter Hand und ohne Nervosität ausführte. Dabei war es ziemlich schwierig, einen Doppelgänger zu erschaffen. Man musste dazu in *höherer Zauberei* schon etwas erfahren sein. Wieder einmal wurde Elena bewusst, dass Miranda viel besser hexen konnte als sie. Miranda hatte ja schon in der Hexenwelt mit der *höheren Zauberei* beginnen dürfen – im Gegensatz zu ihr. Elena würde diesen Vorsprung wohl nie aufholen können!

»So, fertig!«, sagte Miranda und sah die anderen an. »In ein, zwei Minuten wird der Nachbar Frau Treller auf ihrem Handy anrufen, und bis die Sache geklärt ist, haben wir mindestens eine halbe Stunde Ruhe. – Was gibt's denn so Wichtiges, was ihr loswerden müsst?«

»Na ja ...« Nele warf Jana einen unsicheren Blick zu. »Wir wollten euch fragen, was aus euch wird ... ich meine, nachdem euer Vater ... hm ... die Umstände sind doch jetzt ganz anders. Werdet ihr im HEXIL bleiben oder zurückgehen?«

Elena sah, wie Janas Lippen leicht zitterten. Das rührte sie sehr. Ihre Menschenfreundinnen hatten sie offenbar wirklich ins Herz geschlossen! Aber ihr ging es ja genauso. Bei dem Gedanken, die beiden Mädchen nicht mehr zu sehen, wurde ihr ganz flau im Magen.

»Vorläufig wird sich gar nichts ändern«, antwortete Elena. »Wir müssen warten, bis Papa seinen Auftrag erledigt hat und zurückkommt.«

»Ihr seid also nicht in zwei Tagen oder so weg?« Nele wirkte erleichtert. Auch Jana lächelte.

In diesem Moment läutete es zum Unterrichtsbeginn. Elena blickte den Gang entlang, aber Frau Treller war nicht zu sehen – genau, wie Miranda es vorausgesagt hatte.

»Bingo!«, sagte Nele. »Es ist doch ungemein praktisch, wenn man Hexen als Freundinnen hat! Ihr solltet uns öfter eine Freistunde verschaffen!«

Jetzt steckte auch ihre Klassenkameradin Anna den Kopf aus dem Klassenzimmer, schaute zu den vier Mädchen und fragte verwundert: »Ist Frau Treller noch nicht da?«

»Nö, vermisst du sie denn?«, gab Nele zurück.

Anna schüttelte den Kopf. »Bestimmt nicht. Da kann ich wenigstens noch Mathe abschreiben.« Sie ging wieder ins Klassenzimmer.

Die vier Freundinnen hockten sich auf die breite Fensterbank im Gang.

»Habt ihr schon irgendwelche Pläne fürs Wochenende?«, erkundigte sich Miranda.

Jana verzog das Gesicht. »Erinnere mich bloß nicht daran! Ich muss am Samstag im Gemeindehaus vorspielen. Meine Mutter besteht darauf. Ich kriege Bauchweh, wenn ich nur daran denke!«

»Aber du spielst doch so toll Klavier«, meinte Nele. »Manchmal beneide ich dich. Ich kann nicht mal den *Flohwalzer* spielen.«

»Ach.« Jana zuckte die Achseln. »Das Schlimme ist, dass meine Mutter mir immer so einen Stress macht. Wenn das Vorspielen klappt, dann soll ich ab und zu beim Gottesdienst die Orgel spielen. Und ich werde auch richtigen Orgelunterricht bekommen. Meine Mutter sieht mich schon als zukünftige Kirchenmusikerin!«

»Ich weiß gar nicht, warum du dich beschwerst«, meinte Nele. »Musik hat dir doch sonst immer so viel Spaß gemacht.«

»Ach ja, aber ich hab echt keine Lust mehr, jeden Tag stundenlang zu üben, damit meine Mutter angeben kann, was für eine super Vorzeigetochter sie hat.« Jana strich genervt ihre Haare nach hinten.

Janas Leidenschaft fürs Klavierspielen hatte in der letzten Zeit deutlich nachgelassen – genau genommen, seit Elena und Miranda in ihr Leben getreten waren. Frau Kleist, Janas Mutter, hatte allerdings überhaupt kein Verständnis für diese Veränderung und hielt es für eine pubertäre Laune, dass ihre Tochter keine Lust mehr aufs Musizieren hatte.

»Jedenfalls brauchst du keine Angst vor dem Samstag zu haben«, sagte Nele. »Das bisschen Vorspielen schaffst du doch mit links!«

»Du hast ja keine Ahnung«, brauste Jana auf, die sonst sehr sanftmütig war.

»Ich werde vor Lampenfieber sterben! Es sind lauter Leute da, die sich mit Musik auskennen. Die hören jeden falschen Ton.« Sie sah Elena verzweifelt an. »Und Pastor Meier hat angeblich sogar das absolute Gehör.«

»Das absolute Gehör?« Miranda beugte sich nach vorne. »Gibt es das auch bei den Menschen? Ich dachte, ihr könnt normalerweise nicht Gedanken lesen!«

»Gedanken lesen?« Jana war irritiert. »Was hat das mit dem absoluten Gehör zu tun?«

»Eine Hexe, die das absolute Gehör hat, hört die Gedanken anderer Leute«, erklärte Miranda. »Und nicht nur die Gedanken, die ihr Gegenüber gerade im Augenblick denkt, sondern auch alle vergangenen und zukünftigen Gedanken. Sie kann in dem anderen lesen wie in einem Buch und kennt sein Schicksal von der Geburt bis zum Tod.«

Nele zog schaudernd die Schultern hoch. »Hört sich gruselig an!«

»Ein absolutes Gehör ist sehr selten«, fuhr Miranda fort. »Diese Begabung ist angeboren und kommt vielleicht einmal unter einer Million vor.«

Elena nickte bestätigend. »Normales Gedankenlesen dagegen kann eine Hexe lernen. Meine Oma hat früher auch mal geglaubt, sie hätte vielleicht das absolute Gehör. Sie hat sich sogar testen lassen, aber das Ergebnis war absolut negativ.«

Nele lachte. »Da war deine Oma bestimmt schrecklich enttäuscht.«

»Das war sie wirklich«, sagte Elena. »Sie hat sich vier Wochen in einen alten Sessel verwandelt.«

Jana hatte interessiert zugehört. Dann schüttelte sie den Kopf. »Bei Pastor Meier ist es anders. Ein absolutes Gehör bei Menschen bedeutet, dass man hören kann, um welchen Ton es sich handelt, beispielsweise, ob es ein C ist oder ein A.«

»Ach so«, meinte Miranda. »Das ist ja geschenkt! Und ich dachte schon, dieser Pastor Meier könnte dir wirklich gefährlich werden. Denn wenn er beim Vorspielen deine Gedanken gelesen hätte, hätte er erfahren, dass du mit uns befreundet bist und was gestern Abend passiert ist und ... und überhaupt alles! Wir hätten schleunigst unsere Sachen packen und verschwinden müssen, bevor eine Hexenjagd auf uns losgeht!« Sie klopfte Jana auf die Schulter. »Mach dir mal keine Sorgen wegen Samstag. Notfalls kann ich ein bisschen nachhelfen, dass deine Finger auch immer die richtigen Tasten finden.«

»Das würdest du für mich tun?« Jana blickte Miranda dankbar an.

»Klar, du bist doch meine Freundin.« Miranda lächelte.

Jetzt sahen die Mädchen, dass jemand den Gang entlangkam und dabei das Bein etwas nachzog. Es war Herr Seifert, der Direktor der Schule. Er war Mitte sechzig, und es hieß, dass er wahrscheinlich Ende des Schuljahrs in Pension gehen wollte. Dass er humpelte, war die Folge einer alten Sportverletzung. Früher hatte er begeistert Fußball gespielt, aber jetzt war sein linkes Knie völlig steif.

Die vier Mädchen rutschten von der Fensterbank.

»Guten Morgen, Herr Direktor«, sagte Jana höflich.

»Guten Morgen, Mädels«, entgegnete Herr Seifert. »Ich werde heute eine Zeit lang Frau Treller vertreten, die leider überraschend wegmusste. Allerdings machen wir kein Englisch, sondern etwas Erdkunde. Ich bin sicher, ihr werdet mir eine Menge über die größten Flüsse der USA erzählen können.«

Nele verdrehte die Augen und unterdrückte ein Stöhnen.

»Hopp, hopp, ihr Mädels«, sagte Herr Seifert freundlich. »Ins Klassenzimmer mit euch!«

Herr Seifert war über die Unwissenheit der 8a entsetzt. Auf seine schwierigen Fragen konnte niemand außer Miranda antworten, und selbst sie wusste nicht alles.

»Meine Güte, ich glaube wirklich, keiner von euch hat je in einen Atlas geschaut!«, klagte Herr Seifert. »Der *Mississippi* ist keine Automarke und der *Delaware* keine Computerfirma.«

Nachdem er dreimal die Hände über dem Kopf zusammengeschlagen hatte und sich lauthals beklagte, wie es die Schülerinnen und Schüler bei so viel Dummheit je zu etwas bringen sollten, hatte selbst Elena genug. Sie musste nur kurz ihren Zeigefinger biegen, und schon fing Herr Seiferts Stimme an, leiser und leiser zu werden.

Herr Seifert griff sich an die Kehle, lockerte seinen Kragen und bemühte sich, lauter zu sprechen – vergebens. Er konnte nur noch flüstern. Schließlich schrieb er »Beschäftigt euch bitte selbst!« an die Tafel, holte eine Zeitung aus seiner Aktentasche und begann zu lesen.

Nele, die vor Elena saß, drehte sich um und schob Elena einen kleinen Zettel zu. Elena faltete ihn auseinander.

Was hast du gemacht?

Elena griff nach einem Stift und schrieb darunter:

Schneckenschleim auf Stimmritze!

Sie formte den Zettel zu einem Kügelchen und warf es Nele zu.

Nele las die Nachricht und grinste. Jana beugte sich ebenfalls über den Zettel und machte ein angewidertes Gesicht.

Eine Viertelstunde vor Ende der zweiten Stunde tauchte Frau Treller wieder auf. Herr Seifert erhob sich von seinem Stuhl und deutete mit einer Handbewegung an, dass ihm die Stimme abhandengekommen war.

»Vielen Dank, dass Sie mich vertreten haben«, sagte Frau Treller. »Wenn ich gewusst hätte, dass alles nur falscher Alarm war, wäre ich hiergeblieben! Mein Nachbar muss Halluzinationen gehabt haben! Von wegen Einbrecher! Die Polizei hat nicht die geringste Spur gefunden, keinen Fußabdruck, keine fremden Fingerabdrücke, nichts. Und gestohlen worden ist auch nichts. Also viel Lärm um nichts. Mein Nachbar ist völlig verwirrt und lässt sich jetzt ärztlich untersuchen, der Arme.«

Nachdem Herr Seifert das Klassenzimmer verlassen hatte, setzte sich Frau Treller ans Pult. »Bitte schlagt eure Bücher auf, Seite 34!«

»Och nö«, protestierte Mark, der neben Elena saß. »Das lohnt sich doch jetzt nicht mehr. Erzählen Sie uns lieber, was passiert ist!«

Frau Treller seufzte. »Na gut, es ist wirklich schon spät. But I'll tell you the story in English …«

»Ehrlich, Schneckenschleim?«, fragte Jana, als es zur Pause geklingelt hatte und die vier Mädchen auf dem Weg in den Schulhof waren. »Igitt!«

»Geruchs- und geschmacksneutraler Schleim«, sagte Elena schnell. »Der Zauber hält nicht lange an. Spätestens heute Mittag wird der Direx wieder reden können wie ein Wasserfall!«

»Es war echt ätzend«, beschwerte sich Nele. »Er hat uns hingestellt, als wären wir alle total dämlich. Was interessieren mich die Flüsse in Amerika?«

»Vor allem, wenn das Wasser keine magische Kraft hat«, stimmte Miranda ihr zu. »Bei uns in der Hexenwelt ist es nämlich etwas anders. Da sollte man über Flüsse und die

Wasserzusammensetzung Bescheid wissen. Im *Rotfelsenfluss* zum Beispiel darf man niemals baden, weil man sich sonst sofort in einen Kojoten verwandelt. Meine Mutter hat einmal erzählt, dass eine entfernte Tante von einem Freund eine Flasche Badeöl bekommen hat. Leider war dem Öl etwas Wasser aus dem *Rotfelsenfluss* beigemischt, und ihr könnt euch bestimmt vorstellen, was passiert ist. Das Schlimme war, dass meine Tante niemals *Metamorphose* gelernt hat, und es dauerte drei Tage, bis sich jemand fand, der die Arme endlich zurückverwandelt hat ...«

»Oje«, sagte Nele und stieß Jana an. »Stell dir vor, du wärst plötzlich ein Kojote, weil du dieses Badeöl verwendet hast. Deine Mutter würde in Ohnmacht fallen!«

Jana kicherte.

»Ihr entschuldigt mich«, sagte Elena. »Ich muss dringend aufs Klo. Geht schon mal vor, ich komme gleich nach.«

Sie bog in Richtung Mädchentoilette ab. Da sich vor der Tür aber eine lange Schlange gebildet hatte, beschloss Elena, die Toilette im Keller zu benutzen. Dort war meistens niemand. Auf der Kellertreppe kamen ihr einige Zehntklässler entgegen. Sie hatten Werken gehabt, denn sie trugen verschiedene Holzarbeiten in den Händen. Weil Elena damit beschäftigt war, einem Vogelhäuschen hinterherzuschauen, prallte sie mit einem Jungen zusammen.

»Oh – Entschuldigung!«, sagte sie. Ihr Herz setzte einen Schlag aus, als sie erkannte, mit wem sie zusammengestoßen war. Es war Kevin.

Doch er schob Elena nur zur Seite und ging einfach weiter. Nicht einmal »Hallo!« hatte er gesagt.

Damit hatte Elena überhaupt nicht gerechnet. Sie war völlig verdutzt. Kevin hatte sich nicht anmerken lassen, dass er sie kannte. Und noch weniger hatte er gezeigt, dass er unsterblich in sie verliebt war.

Das musste Elena erst einmal verdauen. Als sie auf der Toilette saß, dachte sie darüber nach. Hatte Großmutter Mona gestern Abend vielleicht zu viele Teile aus Kevins Erinnerungsvermögen gelöscht? Konnte es sein, dass er Elena jetzt wirklich nicht mehr kannte? Und auch nicht mehr liebte?

Elena merkte nicht, dass sie vor lauter Grübeln die halbe Rolle Toilettenpapier zerpflückte.

Aber Mona hatte doch ausdrücklich gesagt, dass es keinen Zauber gab, mit dem man Verliebtheit beseitigen konnte! Also konnte sie Kevins Liebe auch nicht gelöscht haben …

Doch warum hatte Kevin dann nicht reagiert? Wollte er es Elena heimzahlen, dass sie seine Gefühle bisher nicht erwidert hatte? Oder war ihm in der letzten Nacht vielleicht die Erleuchtung gekommen, dass er gar nicht in Elena verliebt war, sondern vielleicht … vielleicht in Miranda?

Wütend rupfte Elena ein weiteres Stück Toilettenpapier ab.

Sie hatte sich so sehr gewünscht, dass Kevin endlich aufhörte, in sie verliebt zu sein und sie zu belästigen.

Warum, zum Orkus, war sie jetzt nicht glücklich darüber, dass sich das Problem Kevin offenbar von allein gelöst hatte?

Schlecht gelaunt betätigte Elena die Klospülung und ging zurück zu den anderen.

Frisch verliebt verhext sich gern

»Das, was man nicht kriegen kann, ist immer am verlockendsten«, behauptete Miranda, als sie zu Hause in der Eingangshalle ihre Schultaschen abstellten. Elena hatte ihr kurz den Vorfall geschildert. »Obwohl du immer noch behauptest, dass du dir nichts aus Kevin machst, kannst du es nicht ertragen, wenn er dich nicht beachtet.« Sie grinste vielsagend.

»Ja, und?« Diese Erklärung war Elena zu dürftig.

»Guck dir Daphne an«, meinte Miranda. »Wie oft streitet sie sich mit ihrem Gregor, wenn sie mit ihm per *Transglobkom* redet. Sie hat ihn schon so oft zum Teufel geschickt, aber wenn er sich mit dieser Lucinda trifft, weint sie sich die Augen aus.«

»Ich bin nicht wie Daphne«, empörte sich Elena.

»Du bist immerhin ihre Schwester!«, sagte Miranda. »Und ihr habt vielleicht auch die gleichen Liebes-Gene.«

Elena streckte Miranda die Zunge raus. In diesem Moment kam Mona in die Halle. Sie hatte eben den Wagen abgestellt. Ihr folgte ein grauhaariger Herr mit einem Aktenkoffer. Es war Aaron Abraxas Holzin, der Hexilbeauftragte, der die Familie Bredov betreute und ihr auch dieses schöne Haus besorgt hatte. Er wirkte aufgeregt.

»Hallo, Herr Holzin!«, begrüßten ihn Miranda und Elena.

»Hallo, ihr beiden«, erwiderte Aaron Holzin geistesabwesend und beeilte sich, Mona einzuholen, die die Treppe hinaufgehen wollte.

»Hören Sie, Frau Bredov, Sie haben heute wirklich den Bogen überspannt. Wenn Sie wollen, kann ich Ihnen einen Chauffeur besorgen. Aber so etwas wie heute Morgen darf nicht wieder vorkommen.«

Jolanda kam in die Eingangshalle und schaute besorgt zu Mona und Aaron Holzin, die auf der Treppe standen.

»Was ist denn passiert?«

»Er behauptet, ich kann nicht Auto fahren«, entrüstete sich Mona laut. »So ein ausgemachter Unsinn!«

»Aber Sie haben diesen Unfall verursacht«, beharrte Holzin. »Verstehen Sie, ich muss der Sache nachgehen, das hat zu viele Folgen …«

Mona ging einfach weiter die Treppe hinauf. Doch Holzin klebte ihr fast am Rücken und redete unablässig weiter auf sie ein. Elena und Miranda verstanden nur Bruchstücke.

»… mehrere Male öffentlich gehext … die beiden Polizisten brauchen psychologische Betreuung … Gegen die Regeln verstoßen …«

Anweisungen für Hexen im HEXIL:

Verhalten Sie sich unauffällig! Die Menschen dürfen nicht herausfinden, wer Sie wirklich sind. Studieren Sie ihre Regeln und Gebräuche und ahmen Sie ihre Sitten nach! Passen Sie sich an!

Hexen Sie möglichst nicht in der Öffentlichkeit!

Verwenden Sie zur Fortbewegung keinen Besen!

Verraten Sie keinem Menschen, wer Sie in Wirklichkeit sind und woher Sie kommen!

Experimentieren Sie bei Problemen nicht auf eigene Faust, denn unbedachtes Handeln kann fatale Folgen haben!

Wenden Sie sich bei Schwierigkeiten und Fragen an Ihren zuständigen Hexilbeauftragten!

»Herr Holzin!« Mona war oben angelangt und drehte sich abrupt um. »Würden Sie bitte gestatten, dass ich mich jetzt umziehe, oder wollen Sie auch noch in mein Schlafzimmer mitkommen?«

Aaron Holzin bekam einen roten Kopf und geriet ins Stottern. »Na gut, dann ziehen Sie sich um. Aber ich warte hier! Ich rühre mich nicht vom Fleck, bis wir über den Vorfall gesprochen haben.«

»Pffff!«, machte Mona nur, bevor die Schlafzimmertür hinter ihr ins Schloss fiel.

»Auweia«, flüsterte Miranda Elena ins Ohr. »Das klingt ja, als würde Mona jetzt *richtig* Ärger bekommen!«

Jolanda sah etwas genervt zu Aaron Holzin hoch, der sich auf die Treppe gesetzt und seinen Aktenkoffer geöffnet hatte. »Sie können gerne zu mir ins Wohnzimmer kommen, Herr Holzin.«

»Danke für das Angebot, aber ich bleibe lieber hier«, murmelte Holzin. »Sonst verschwindet Ihre Mutter wieder heimlich durch die Haustür, ohne die Sache mit mir auszudiskutieren.«

Miranda und Elena wechselten einen einvernehmlichen Blick. Wenn Mona wollte, dann konnte sie sich ohnehin an einen anderen Ort hexen, ohne dass verschlossene Türen oder feste Wände sie daran hinderten. Aaron Holzin kannte sich offenbar in Zauberdingen nicht sonderlich gut aus. Er war der Abkömmling eines Hexilanten, der in der Menschenwelt geblieben war, arbeitete im normalen Leben als Anwalt und besaß nur schwache magische Kräfte.

»Dann kommt wenigstens ihr rein«, sagte Jolanda zu Miranda und Elena. »Ich habe das Wohnzimmer ein wenig umgeräumt und möchte gerne wissen, wie es euch gefällt.«

Die beiden Mädchen folgten Frau Bredov ins Wohnzimmer. Elena sah auf den ersten Blick, dass das Terrarium nicht mehr da war. An seinem Platz im Erker stand nun ein marmorner Zimmerspringbrunnen, der leise vor sich hin plätscherte. Die kleine Wasserfontäne leuchtete erst rosa, dann blau, dann grün.

»Hübsch, nicht wahr?« Jolanda strahlte. »Die Menschen bemühen sich wirklich, unsere Magie nachzuahmen.«

Elena schluckte. Obwohl das Terrarium jetzt nicht mehr benötigt wurde und auch zwei Glasscheiben zerbrochen waren, hatte sie das Gefühl, dass etwas fehlte. Ihr Vater schien weiter weg zu sein als je zuvor. Jetzt gab es gar keine Spur mehr von ihm … Plötzlich hatte Elena schreckliche Angst. Panik stieg in ihr auf. Es war, als hätte sie auf einmal den Kopf voller böser Vorahnungen. Was wäre, wenn sein Auftrag scheiterte? Wenn er nie mehr lebend zurückkäme? Elena spürte, wie das Blut aus ihrem Gesicht wich.

»Was ist los mit dir, Elena?«, fragte Jolanda besorgt. »Du bist so blass. Gefällt dir der Springbrunnen nicht? Wenn du ihn gar nicht magst, kann ich ihn notfalls auch noch umtauschen.«

Elena schüttelte den Kopf. »Es liegt nicht an dem Brunnen«, flüsterte sie und strich sich das rote Haar aus der Stirn. »Ich musste nur gerade an Papa denken. Ich habe Angst um ihn, Mama. Ich glaube, das, was er tut, ist schrecklich gefährlich.«

»Ich muss auch oft an ihn denken«, gab Jolanda zu. »Mir wäre es viel lieber, er wäre bei uns geblieben. Aber ich bin sicher, dass er seine Mission erfüllen wird. Und dann kommt er sofort zu uns zurück. Mach dir keine Sorgen, Elena.« Es klang ein bisschen so, als müsste Jolanda sich selbst davon überzeugen, was sie da sagte. Sie drückte ihre Tochter an sich. »Ich weiß, es ist alles ein bisschen viel für dich. Mir geht es genauso.«

»Dein Vater schafft es bestimmt, Elena«, meinte Miranda.

Elena machte sich von Jolanda los und lächelte tapfer, während sie versonnen an ihren Vater dachte.

»Übrigens werde ich am Wochenende verreisen«, sagte Jolanda. »Mein Chef bei der Zeitung hat mich zu einem Seminar in Hannover angemeldet: *Das Wesentliche auf den Punkt bringen – Kurz und knapp texten.* Ich muss und ich *möchte* auch hinfahren. Mein Chef sagt, dieses Seminar würde mir bestimmt viel bringen.«

Jolanda arbeitete als freie Mitarbeiterin beim *Blankenfurter Kurier.* Auch in der Hexenwelt war sie Journalistin gewesen. Jolanda liebte ihren Beruf und war sehr froh, dass sie diesen Job in der Menschenwelt bekommen hatte.

»Ich werde am Freitagnachmittag fahren«, fuhr Jolanda fort. »Ein Wochenende lang werdet ihr schon ohne mich auskommen. Außerdem ist Mona ja da.«

Elena verdrehte die Augen. Die Aussicht, dass ihre Großmutter alle ungehindert herumkommandieren konnte, war nicht gerade verlockend.

»Ich weiß, was du sagen willst«, kam Jolanda möglichen Einwänden zuvor. »Du fragst dich bestimmt, warum ich meine Karriere unbedingt vorantreiben will, wenn doch keiner von uns weiß, wie lange wir noch im HEXIL bleiben werden.«

»Es ist immer wichtig, etwas dazuzulernen«, erwiderte Miranda.

Elena seufzte und zog die Schultern hoch. »In Ordnung, Mama«, murmelte sie. »Ich habe nichts dagegen, wenn du fährst. Das Wochenende werden wir schon ohne dich überstehen.«

Jetzt wurden draußen in der Eingangshalle wieder Stimmen laut und kurz darauf kamen Mona und Aaron Holzin ins Wohnzimmer. Mona fegte durch den Raum und holte sich vom Kaminsims die Schachtel mit ihren Zigarillos, während Aaron Holzin vor der Couch stehen blieb und darauf wartete, dass ihn jemand aufforderte, sich hinzusetzen. Mona fummelte einen Zigarillo aus der Schachtel, steckte ihn zwischen die Lippen und schnippte mit den Fingern. In der Luft erschien ein Flämmchen und entzündete den Zigarillo. Gleich darauf erfüllte würziger Pfefferminzduft den Raum.

Jolanda blickte vorwurfsvoll zu ihrer Mutter. Im Wohnzimmer sollte eigentlich nicht geraucht werden. Aber Mona ignorierte den Blick ihrer Tochter.

»Nun setzen Sie sich endlich hin und packen Ihre verdammten Formulare aus, wenn Sie das unbedingt tun müssen.« Monas Stimme klang schneidend. »Ich habe nicht die geringste Lust, dass Sie mir bis heute Abend nachlaufen. Schreiben Sie mein Sündenregister ruhig auf, wenn es Ihnen Spaß macht.« Sie blies den Rauch in die Luft. Er formte sich zu einer durchsichtigen Pistole, die langsam durchs Zimmer schwebte.

»Sehr witzig«, murmelte Holzin, setzte sich steif auf die Couch und ließ die Verschlüsse seines Aktenkoffers aufschnappen. Er nahm einen Papierstapel heraus, griff nach einem silbernen Stift und fing an, ein Formular auszufüllen.

»Erstens: Zurückdrehen der Zeit. Keine lokale Begrenzung. Die Folge: landesweites Durcheinander der Fahrpläne. Störungen des Zug- und Flugverkehrs.«

»Nur landesweit?«, fragte Mona ironisch. »Warum nicht gleich international? Oder universell? Vielleicht bin ich ja auch schuld, dass sich die nächste Mondfinsternis um zehn Minuten verschiebt.« Holzin räusperte sich und ging nicht darauf ein. »Zweitens: Hemmungsloses Zaubern in der Öffentlichkeit und Erregung von Aufsehen.«

Mona trat zum Fenster und starrte in den Garten.

»Drittens«, sagte Holzin, aber weiter kam er nicht.

»Falls Sie es darauf anlegen, uns vorzeitig aus dem HEXIL in die Hexenwelt zurückzuschicken, dann kann ich Ihnen nur mitteilen, dass Sie zu spät kommen«, sagte Mona und drehte sich abrupt um.

»Mutter!«, sagte Jolanda warnend.

Auch Elena hatte Angst, dass Mona die Sache mit Papa ausplauderte.

»Außergewöhnliche Umstände sind eingetreten«, sagte Mona kalt. »Unser HEXIL wird voraussichtlich keine fünf Jahre dauern, wie es geplant war. Wir werden früher in die Hexenwelt zurückkehren, aber falls Sie glauben, dass wir das mit Schimpf und Schande tun, dann bitte ich Sie, sich bei den Obersten Zauberrichtern nach den näheren Einzelheiten zu erkundigen. Sie werden sich wundern, mein lieber Herr Holzin! Sie haben nämlich keine Ahnung, mit welch wichtigen Leuten Sie es zu tun haben, und eigentlich könnten Sie sich glücklich schätzen, dass Sie uns überhaupt betreuen dürfen. Bei nächster Gelegenheit werde ich mich über Ihr Benehmen beschweren, denn wir genießen Immunität. Das heißt, Sie dürfen uns weder strafrechtlich noch zivilrechtlich verfolgen.«

Holzin fiel der Stift aus der Hand. »Was ... wie soll ich das denn verstehen?« Seine Stimme hatte jegliche Kraft verloren. »Sind Sie ... sind Sie in Wahrheit Diplomaten?«

»Keine Diplomaten.« Mona nahm einen tiefen Lungenzug und blies den Rauch aus der Nase. Er formte sich zu mehreren Fragezeichen, die zu Aaron Holzin schwebten und über seinem Kopf stehen blieben.

»Aber so etwas Ähnliches. Ich kann Ihnen nur raten: Stören Sie mit Ihrer kleinlichen Beamtenseele nicht die höchstrichterlichen Anweisungen! Sie könnten das Landeszauberamt nämlich sehr verärgern. Habe ich mich klar genug ausgedrückt?«

»Na ja. J-ja. Ich weiß zwar nicht, worum es geht, aber ich muss ihnen wohl glauben«, antwortete Aaron Holzin kleinlaut und wurde knallrot im Gesicht. Verlegen blickte er auf die Bögen, die er bereits ausgefüllt hatte. »Und … und was machen wir jetzt damit?«

»DAS machen wir damit!« Mona streckte den Finger aus. Ein feuriger Pfeil zischte daraus hervor, stürzte sich auf Holzins Papiere und verbrannte sie in Sekundenschnelle sauber zu Asche.

Holzin schluckte. »Danke«, sagte er dann, steckte umständlich seinen Stift in den Aktenkoffer zurück und klappte ihn zu. Er stand auf. »Sie nehmen es mir hoffentlich nicht übel, dass ich …«

»Doch, ich nehme es Ihnen übel«, entgegnete Mona. »Sehr. Wir alle nehmen es Ihnen übel.« Sie nickte Elena und Miranda zu.

»Ich wollte doch nur meine Pflicht … Sie müssen verstehen … meine Anweisungen …« Holzin zog sich immer mehr in Richtung Tür zurück. Mona machte eine lässige Handbewegung. Ein unsichtbarer Sog erfasste Aaron Holzin und zog ihn rücklings zur Tür hinaus. Kurz darauf hörten alle, wie die Haustür ins Schloss fiel.

»Mutter«, sagte Jolanda und atmete hörbar durch, »meinst du nicht, dass das eben ein bisschen übertrieben war?«

»*Das eben* war genau richtig, Schätzchen«, entgegnete Mona. »Manche Leute müssen ab und zu in die Schranken gewiesen werden. Und ich bin sicher, dass uns Aaron Abraxas Holzin nie wieder mit so einem Kleinkram belästigen wird. Seine Formulare kann er sich in …«

»Mutter!«

»… in Zukunft übers Bett hängen!«

Am Nachmittag saßen Miranda und Elena auf ihrem Balkon und machten Hausaufgaben. Es war ein schöner Herbsttag und die beiden Mädchen genossen die Sonne. Es fiel Elena schwer, sich auf die Arbeit zu konzentrieren. Mathematik war nach wie vor für sie ein Buch mit sieben Siegeln. Wahrscheinlich würde sie nie hinter ihre Geheimnisse kommen. Nachdenklich starrte sie die Zahlen an und kaute auf ihrem Stift herum.

Miranda dagegen löste zügig eine Aufgabe nach der anderen. Elena beneidete sie. Ihre Freundin lernte einfach viel leichter als sie, egal, ob es sich um Sprachen oder Naturwissenschaften handelte. Auch in der Hexenkunst war Miranda schon viel weiter als Elena. Bald würden die Mädchen ihr Hexendiplom ablegen müssen. Sie bekamen ihre Lektionen regelmäßig mit der *transglobalen Post.* Im Keller der Villa, hinter der Heizungsklappe, befand sich der Briefkasten, der eine Art Portal zur Hexenwelt war. So konnten Nachrichten und Pakete hin- und hergeschickt werden.

Erst heute waren wieder drei neue Lektionen gekommen. Elena hatte ihre Hefte noch gar nicht ausgepackt. Sie war noch mit den beiden letzten Lektionen im Rückstand. Manchmal fragte sie sich, ob sie das alles schaffen würde. Sie musste den Schulstoff der Menschen lernen und gleichzeitig für ihr Hexendiplom büffeln … Elena seufzte.

Miranda sah von ihrem Buch auf. »Was ist?«

»Ach, ich glaube, ich packe das alles nicht«, sagte Elena niedergeschlagen. »Es ist einfach zu viel Stoff. Ich kann mir weder Zaubersprüche merken noch Englischvokabeln. Wahrscheinlich werde ich beim Hexendiplom durchfallen und in Englisch kriege ich im Zeugnis bestimmt auch eine Fünf.«

»Unsinn.« Miranda schüttelte den Kopf. »Es ist doch noch genügend Zeit. Du musst dich nicht verrückt machen!«

»Das sagst du. Wenn mir das Lernen auch so leichtfiele …«

Miranda legte den Stift weg. »Du musst an dich glauben, Elena. Und natürlich auch fleißig lernen. Ohne Büffeln geht es eben nicht.«

»Ach.« Elena stieß die Luft aus. »Mein Kopf ist so voll. Ich kann mich einfach nicht konzentrieren. Dauernd muss ich an andere Sachen denken! Wenn ich nur wüsste, wie alles werden wird. Ob Papa zurückkommt. Und ob wir dann in die Hexenwelt zurückkehren. Stell dir vor, ich habe endlich all diese blöden Vokabeln im Kopf, und dann gehen wir weg von hier. Dann habe ich die ganzen Wörter umsonst gelernt.«

»Tja, es wäre schon praktisch, wenn wir die Zukunft kennen würden«, meinte Miranda. »Ich wüsste wirklich auch zu gerne, ob ich wirklich mal Diplomatin werde.« Ihr Blick wurde verträumt. »Dann könnte ich hier leben und dürfte trotzdem Hexe sein. Und Jana und Nele könnten mich vielleicht bei meiner Arbeit unterstützen.«

Elena spürte einen leichten Stich Eifersucht, weil sie in Mirandas Plan keine Rolle spielte.

»Aber Jana will ja wahrscheinlich Musik studieren«, wandte sie ein.

»Das will hauptsächlich ihre Mutter«, stellte Miranda richtig. Plötzlich leuchtete ihr Gesicht auf. »Wir könnten ja versuchen herauszufinden, was die Zukunft bringt.«

Elena blickte skeptisch drein. »So weit sind wir doch noch gar nicht mit unserer Magie. Und außerdem …« Sie verstummte. Wollte sie überhaupt wissen, was passieren würde? Wenn der Blick in die Zukunft nun zeigte, dass Papa umkam? Oder dass sie eines Tages mit Kevin verheiratet sein und drei Kinder mit ihm haben würde. Elena schüttelte sich innerlich.

Doch Miranda war ganz Feuer und Flamme. »Ich habe neulich ein Buch bei deiner Oma entdeckt«, flüsterte sie geheimnisvoll. »Darin sind genaue Anleitungen, wie man es machen muss.«

Elena fühlte sich immer unbehaglicher. »Du weißt, wenn meine Großmutter dich dabei erwischt, dass du in ihren Regalen herumschnüffelst, dann ist der Teufel los.«

»Ich lasse mich schon nicht erwischen.« Miranda lächelte. »Mona hat jede Menge hochinteressante Bücher ...«

Das konnte sich Elena vorstellen. Ihre Großmutter bekam ständig Buchpakete aus der Hexenwelt – und Elena war sicher, dass sich Mona ab und zu auch *verbotene Bücher* bestellte.

»Sei nicht feige.« Mirandas Augen funkelten. »Das wäre doch toll, wenn wir einen Blick in die Zukunft werfen könnten!«

»Es ... es ist aber gefährlich«, sagte Elena vorsichtig. Sie wollte nicht, dass Miranda sie für einen Feigling hielt. Das war sie bestimmt nicht. »Es ist viel leichter, anderen Leuten die Zukunft vorauszusagen als sich selbst. Das weißt du doch.«

Miranda winkte ab. »Mit dem Buch, das ich entdeckt habe, wird es funktionieren.« Sie dämpfte ihre Stimme. »Lass es uns tun, Elena. Heute Nacht. Hier auf dem Balkon. Ich besorge das Buch und die Zutaten und wir vollziehen das Ritual um Mitternacht. Das Wetter ist günstig, es wird bestimmt nicht regnen.«

»Na gut.« Elena wollte keine Spielverderberin sein, wenn Miranda so viel an der Sache lag. Es kribbelte in ihrem Bauch vor lauter Aufregung. Ein bisschen neugierig war sie natürlich auch – und die Aussicht, einmal etwas *Unerlaubtes* zu tun, erschien ihr so viel spannender als die Hausaufgaben, die sie für die Schule machen mussten.

In diesem Moment wurden unten auf der Terrasse Stimmen laut – Jolanda und Mona. Elena lehnte sich über die Balkonbrüstung, um zu sehen, warum sich die beiden schon wieder stritten.

»Sie sind beschäftigt«, flüsterte Miranda. »Der Zeitpunkt ist günstig. Am besten gehe ich jetzt gleich in Monas Zimmer und hole das Buch. Drück mir die Daumen, Elena.«

»Mach ich«, versicherte Elena ihr.

Miranda stand auf und verschwand.

»Nein, ich werde meine Pläne auf keinen Fall ändern«, erklärte Jolanda. »Wie würde ich sonst vor meinem Chef dastehen? *Tut mir leid, ich kann leider nicht an diesem Seminar teilnehmen, weil meine Mutter ausgerechnet an diesem Wochenende zu einem Hexen-Workshop fährt?* – Wie sieht denn das aus?«

»Ich werde aber auch nicht absagen«, entgegnete Mona heftig. »Ich muss dringend etwas für meine Hexenkräfte tun. Seit ich hier in der Menschenwelt lebe, bin ich völlig aus der Übung. Wann habe ich das letzte Unwetter gehext? Die letzte Überschwemmung? Ich komme mir vor, als würde ich nur noch den einfachsten Suppenzauber beherrschen! Eine Hexe ist nur dann wirklich gut, wenn sie ihre Kräfte ständig trainiert und sich auch fortbildet!«

Suppenzauber

Abfälliger Sammelausdruck für einfache Hexereien innerhalb des Haushalts. Es handelt sich um Dinge, die jede Hexe normalerweise im Schlaf erledigen kann.

- Wasser zum Kochen bringen
- Flecken aus der Wäsche entfernen
- Fenster reinigen
- den Boden fegen oder Staub saugen
- Staub wischen
- Knöpfe annähen und Löcher stopfen
- Geschirr spülen

»Dann fahren wir eben beide«, schlug Jolanda vor. »Ich zu meinem Seminar und du zu deinem Workshop: *Wie man seine Hexenkräfte durch mentales Training stärkt.*«

»Und was ist mit deinen Kindern?«, fragte Mona. »Willst du sie etwa allein lassen?«

»Ich bitte dich – so klein sind sie ja wirklich nicht mehr«, meinte Jolanda. »Ich bin sicher, dass sie einmal zwei Tage ohne uns auskommen werden. Elena und Miranda sind für ihr Alter sehr vernünftig ...«

»Was man von Daphne ganz und gar nicht behaupten kann«, konterte Mona.

»Daphne ist eben in einem schwierigen Alter, das muss man akzeptieren«, sagte Jolanda. »Aber sie wird ja nicht gleich das Haus abfackeln. Und Rufus könnte das Wochenende vielleicht bei Lukas verbringen. Er liegt mir schon die ganze Zeit in den Ohren, dass er einmal bei seinem Kindergartenfreund übernachten will.«

»Also – ich hätte da kein gutes Gefühl«, sagte Mona vorwurfsvoll. »Als Mutter. Als Großmutter halte ich mich da heraus. Du bist alt genug, um zu wissen, was du tust. Es sind *deine* Kinder!«

»*Beim Orkus*, jetzt mach doch kein solches Drama daraus!« Jolandas Stimme klang ärgerlich. »Daphne und Elena können mich anrufen, wenn etwas nicht in Ordnung ist. Per Handy bin ich jederzeit erreichbar.«

Mona rümpfte die Nase. »Ach ja, du hast ja jetzt auch eines von diesen scheußlichen Dingern! Wie furchtbar. Kein Wunder, dass du so oft Migräne hast.«

»Meinen *Transglobkom* kann ich ja schlecht während des Seminars verwenden«, gab Jolanda zurück. »Und meine Migräne hatte ich schon, *bevor* ich mir das Handy angeschafft habe. Gib dir keine Mühe, Mutter. Ich lasse mir das Seminar nicht von dir vermiesen.«

»Du denkst immer nur das Schlechteste von mir«, grollte Mona und ging beleidigt ins Haus zurück.

Verbotener Zauber verlangt eine dunkle Nacht

Spürst du die Kraft?«, wisperte Miranda und legte Elenas Hand auf das Buch, das sie aus Monas Regal entwendet hatte.

Elena fühlte, wie der Ledereinband unter ihren Fingern sachte vibrierte.

»Wirkt irgendwie lebendig«, murmelte Elena. Ihr Mund war trocken. Sie musste an das geheimnisvolle Amulett denken, das ihr Vater in die Hexenwelt mitgenommen hatte. Elena und Miranda hatten bei dem Schmuckstück eine sehr fremde Magie gespürt.

Wie auch jetzt.

»Das Buch macht mir Angst«, flüsterte Elena. »Ich glaube, wir sollten es nicht tun. Wir haben noch zu wenig Erfahrung, was das Hexen angeht. Vielleicht beschwören wir Unheil herauf. Bring das Buch lieber zurück, Miranda!«

Miranda schüttelte den Kopf. »Geht nicht«, antwortete sie. »Deine Oma ist in ihrem Zimmer. Ich kann das Buch jetzt nicht zurückstellen. Und ich will es auch gar nicht.« Miranda wirkte angespannt. Ihre Augen glitzerten. »Ich muss einfach wissen, was die Zukunft für mich bereithält.«

Elena sah sie prüfend an. Miranda war sehr ehrgeizig, aber Elena befürchtete, dass sich ihre Freundin besonders von starker, unkontrollierbarer Magie angezogen fühlte. Schon jetzt beschäftigte sich Miranda gerne mit einfachen Formeln der *grauen Magie*, obwohl überall zu lesen war, dass man dazu auf alle Fälle das Hexendiplom und ein oder zwei Jahre Praxiserfahrung in *höherer Zauberei* haben sollte. Aber Miranda reizte es nun mal, zu experimentieren und Dinge auszuprobieren. Elena musste zugeben, dass es meistens auch gut klappte, und ihre eigenen Bedenken kamen ihr dann dumm vor.

Gefährliche und verbotene Bücher

Zauberbücher sind für den Leser manchmal lebensgefährlich. Dabei geht es nicht nur um gefährliche Inhalte, sondern das Buch an sich ist schon ein Risikofaktor.

Manche Bücher sind mit einem Fluch belegt, um zu verhindern, dass der Inhalt von den falschen Leuten gelesen wird.

Eine kundige Hexe merkt die Gefährlichkeit eines Buches daran, dass es sich von außen lebendig anfühlt. Einige Bücher sind tatsächlich lebendig, und man muss sie täglich mit rohem Fleisch, Insekten oder Spinnen oder mexikanischen Würmern füttern. So ein gefräßiges Buch kann den Leser vor lauter Gier auch mal in die Finger beißen, deshalb sollte man es nie ohne feste Lederhandschuhe berühren. Manche Bücher verschlingen ihre Mahlzeit laut schmatzend und rülpsen sogar!

Manchmal wohnt auch ein böser Geist in einem Zauberbuch. Sobald der Leser das Buch aufschlägt, ergreift der

Geist Besitz von seinem Körper und übernimmt die Steuerung. Erst kurz vor dem Tod seines Wirts verlässt der böse Geist sein Zuhause und sucht sich ein anderes geeignetes Buch. Dort versteckt er sich und wartet, bis das Buch aufgeschlagen wird und er einen neuen Körper besetzen kann. Nur ganz erfahrene Zauberer und Hexen schaffen es, sich gegen einen solchen bösen Geist zu wehren und das Buch trotzdem zu lesen.

Andere gefährliche Bücher ziehen den Leser beim Aufschlagen in eine ferne Welt, in der er sich unter Umständen ganz verlieren kann. Manche Leute gehen auf diese Weise völlig verloren, weil sie niemals in ihre eigene Welt zurückfinden.

»Versprich mir, dass du vorsichtig bist«, sagte Elena.

»Bin ich jemals unvorsichtig gewesen?«, gab Miranda zurück. »Außerdem – wenn das Buch wirklich richtig gefährlich wäre, dann würde deine Oma es doch besser unter Verschluss halten und es nicht einfach ins Regal stellen, oder?«

Elena zuckte die Achseln. Bei Mona wusste man nie!

Die beiden Mädchen standen auf dem Balkon. Es war dunkle Nacht. Nur unten im Garten leuchteten ein paar Lampen auf dem Rasen. Ein kühler Wind wehte, aber der war sicher nicht allein daran schuld, dass Elena fröstelte. Am liebsten wäre sie in ihr warmes Bett zurückgekehrt.

Skeptisch sah sie zu, wie Miranda ihre Sachen auf dem Boden ausbreitete: drei schwarze Wachskerzen, eine Ingwerwurzel, eine Schale mit Kräutern und verschiedene Fläschchen mit Zaubertinkturen, die garantiert aus Monas Vorrat stammten. Elena biss sich auf die Lippe. Nein, sie würde jetzt nichts sagen, obwohl es ihr nicht behagte, dass Miranda einfach an Omas Sachen ging. Sie selbst hatte ja auch schon mal ein Fläschchen mit Waselnussöl geklaut und es Jana geschenkt.

Jetzt legte Miranda das komplette Skelett eines Fischs, einschließlich des Kopfes und der Schwanzflosse, auf die Fliesen.

»Woher hast du das?«, fragte Elena. Sie musste sofort an die Koi-Karpfen im Gartenteich denken, obwohl sie sich nicht viel aus ihnen machte. Miranda dagegen redete mit ihnen und die Kois versammelten sich dann immer vor ihr im Wasser.

»Ich hab das Skelett letzte Woche im Garten gefunden«, sagte Miranda. »Es lag in der Sonne und war ganz trocken. Wahrscheinlich hat eine Katze einen von unseren Kois gefischt, obwohl ich keinen vermisse. Ein Fischskelett kann man immer brauchen und ich konnte den Fisch ohnehin nicht mehr retten.«

Elena nickte. »In Ordnung.«

Miranda malte mit Kreide einen Drudenfuß auf die Fliesen. »Ich brauche Schutz«, erklärte sie. »Am besten wäre es, wir würden unsere magischen Kräfte bündeln und du würdest deine Kräfte auf mich übertragen.«

Es wurde Elena eiskalt. »Du meinst ... ich soll ... einen Handstand machen?« Der Gedanke jagte ihr Angst ein. Keine Hexe machte freiwillig einen Handstand, und bisher hatten sie und Miranda sich beim Schulsport auch immer davor gedrückt. Wenn sich Hexen auf den Kopf stellten oder einen

Handstand machten, waren sie völlig wehrlos. Jeder andere konnte dann über ihre Zauberkraft verfügen. Auf diese Weise konnte man aber auch Kräfte bündeln oder einem anderen zur Verfügung stellen.

»Ich weiß, dass dir der Gedanke Angst macht«, sagte Miranda. »Aber ich wäre doppelt so stark und mein Versuch würde garantiert klappen.«

»Aber wenn etwas schiefgeht und eine böse Macht … eine böse Macht sich an uns rächen will, dann bin ich doch zuerst betroffen.«

»Du machst den Handstand natürlich in der Mitte des Drudenfußes.« Miranda zeichnete ein zweites Pentagramm auf den Balkon. »Das Pentagramm wird dich schützen. Es ist ein starkes magisches Zeichen.«

Elena kämpfte mit sich. Was sollte sie tun?

»Vertraust du mir nicht?«, fragte Miranda. »Hast du Angst, dass ich deine Kräfte für immer an mich reiße?«

»Unsinn, es ist nur …« Elena holte tief Luft. »Na gut, ich mach's.«

Miranda umarmte Elena. »Ich habe doch gewusst, dass du mich nicht im Stich lässt! Du bist eine echte Freundin, Elena, wirklich.«

»Du auch«, murmelte Elena gerührt. »Du hast mich ins HEXIL begleitet, damit ich mich hier nicht so verloren fühle. Ich kann mir gar nicht vorstellen, was ich ohne dich gemacht hätte.«

»Wir werden immer füreinander da sein«, sagte Miranda feierlich. »Egal, was passiert. Weißt du noch, wie wir das Amulett gefunden haben?«

»Klar.« Elena konnte sich genau daran erinnern. Ihr Vater Leon war erst kurze Zeit ein Leguan gewesen und sie und

Miranda hatten das Terrarium sauber gemacht. Im Sand hatte dann das rätselhafte Amulett gelegen. Den beiden Mädchen war sofort klar gewesen, dass Leon das Amulett verschluckt hatte, um es vor den Zauberrichtern zu verbergen. Elena und Miranda hatten das Schmuckstück gesäubert und es versteckt. Die Familie Bredov hatte erst davon erfahren, als Leon am Abend seiner Rückverwandlung das Amulett von Elena eingefordert hatte.

Miranda löste sich von Elena und trat einen kleinen Schritt zurück.

»Also los«, sagte sie. »Lass uns anfangen.« Mit einer Bewegung ihres Zeigefingers entzündete sie die schwarzen Kerzen auf dem Boden.

Elena starrte auf den Drudenfuß, dann trat sie einen Schritt zurück, streckte die Hände aus und machte einen Handstand. Die Beine in die Höhe zu bringen war keine Kunst; das Schwierige war, danach stehen zu bleiben. Miranda hielt Elenas Knöchel fest, bis sie sicher das Gleichgewicht gefunden hatte.

»Meine Kraft sei deine Kraft«, keuchte Elena und spürte im selben Moment, wie etwas von ihr ihren Körper verließ. Sie musste sich jetzt völlig darauf konzentrieren, nicht umzufallen. Daher nahm sie nur aus den Augenwinkeln wahr, was Miranda tat.

Miranda entzündete die Schale mit den Kräutern. Der Duft nach verbranntem Heu stieg in Elenas Nase und reizte ihre Atemwege. Miranda hockte sich in den zweiten Drudenfuß, vor sich das Buch. Auf ihren Oberschenkeln lag das Fischskelett. Die Kerzen flackerten, während Miranda einen leisen Singsang begann. Elena verstand kein einziges Wort;

Wichtige Zutaten für große Zaubereien

- Kerzen sind unerlässlich. Am besten sind diejenigen aus Bienenwachs. Für weiße Magie verwendet man in der Regel weiße oder helle Kerzen. Bei grauem Zauber oder schwarzer Magie werden schwarze Kerzen eingesetzt.

- Stark duftende Kräuter oder Räucherstäbchen sorgen dafür, dass die Hexe in die richtige »Zauber-Stimmung« kommt.

- Bei gefährlichen Zaubereien oder Beschwörungen ist es unbedingt notwendig, sich zu schützen. Ein auf den Boden gezeichneter Drudenfuß, auch Pentagramm genannt, kann die Hexe vor Angriffen aus der Dunkelwelt schützen, vorausgesetzt, sie hält sich im Innern des Zeichens auf.

- Es gibt unzählige Mittel und Zutaten, die Zaubersprüche verstärken können. Beispielsweise Knochen von toten Tieren (auch in Pulverform), seltene Steine, Edelmetalle, Schlangenhaut, gesammelte Spinnenbeine, getrocknete Kröten, giftige Pilze, Schneckenhäuser oder leere Schildkrötenpanzer, Affenpfoten, Totenschädel, Rabenfedern, das Geweih eines Elchs und vieles mehr. Manche Zutaten sind schwer zu beschaffen oder auch verboten. Einige Mittel sind nur für erfahrene Hexen gedacht und können großen Schaden anrichten, wenn sie falsch angewendet werden.

die Sprache war ihr völlig fremd. Dann hörte sie, wie Miranda den schweren Lederband aufschlug. Das Buch zischte wie eine gefährliche Schlange. Der Kräuterqualm wurde dichter. Dann vernahm Elena eine raunende Männerstimme. Die Stimme kam aus dem Buch. Es war dieselbe fremde, rau klingende Sprache, die Miranda zuvor benutzt hatte.

»*Saw tsi nied Rhegeb?*«, fragte das Buch.

»Ich möchte erfahren, was die Zukunft für mich bereithält«, antwortete Miranda. »Lichte den Schleier und zeige mir Bilder. Ich will wissen, was passiert.«

»Tsib ud rehcis, ssad ud eid Redlib negartre tsnnak?«

»Ganz sicher!«

»Nnad eßeilhcs enied Negua dnu etraw ba!«

Miranda saß ganz still. Es roch auf einmal durchdringend nach Fisch. Silberner Nebel stieg von dem Skelett auf. Er formte sich zu einem durchscheinenden Fisch, der Miranda dreimal umkreiste und dann in der Luft in Elenas Richtung davonschwebte.

»Ud tsriw ni red Tlewretnu negnafeg nies, negnafeg nov med netshcilkcerhcs Reigam rella Netiez …«

Elena spürte einen eisigen Lufthauch. Die drei Kerzen erloschen gleichzeitig. Miranda schrie auf. Elena erschrak so, dass sie aus dem Gleichgewicht geriet und umkippte. Sie kam auf die Füße, war mit einem Satz bei Miranda und schlug das große Buch zu. Es zischte, als hätte sie Wasser auf heißes Öl gegossen. Das Buch dampfte. Elena stieß es mit dem Fuß aus dem Pentagramm. Am liebsten hätte sie es über den Balkon in den Garten geworfen, aber sie traute sich nicht, es mit den Händen anzufassen.

Miranda saß mit weit aufgerissenen Augen da. Tränen liefen ihr über die Wangen. Elena registrierte, dass das Fischskelett spurlos verschwunden war.

»Miranda! Was ist los? Was hast du gesehen?«

Miranda reagierte nicht. Elena griff nach ihren Händen. Sie waren eiskalt. Elena drückte sie. Es vergingen endlose Sekunden. Endlich nahm sie einen schwachen Gegendruck wahr.

»Oh Elena, es war furchtbar!«, flüsterte Miranda. Sie lehnte sich gegen Elenas Schulter und fing an zu schluchzen. »Ganz entsetzlich!«

Elena drückte die Freundin an sich. Sie spürte, wie Miranda zitterte. Behutsam streichelte sie ihr den Rücken. Dabei hatte sie selbst Angst. Was war passiert? Und war es vorbei? Oder hing die Bedrohung noch immer in der Luft? Waren ihre Hexenkräfte zurückgekehrt oder besaß Miranda sie noch?

Elena horchte in sich hinein, konnte aber nichts feststellen. Sie wurde immer nervöser.

»Komm, steh auf. Atme tief durch, dann geht es dir bestimmt besser.« Sie zerrte Miranda hoch. Miranda war sehr wackelig auf den Beinen. Sie klammerte sich am Balkongeländer fest und starrte in den Garten. In Gedanken schien sie weit, weit weg zu sein.

Elena atmete tief durch, um gegen das Panikgefühl anzukämpfen. Der Fischgeruch war verflogen. Sie hoffte, dass auch das Böse weg war, das sich aus dem Buch erhoben hatte. Versuchsweise kreuzte sie die Finger und flüsterte: »Licht!«

Vor ihr in der Luft erschien sofort eine kleine leuchtende Kugel, die einen matten Schein verbreitete. Elena spürte, dass die Hexenkraft in sie zurückgekehrt war. Ihr Körper war warm und prickelte überall.

Im Schein der Lichtkugel erkannte Elena, wie blass Miranda war. Sie hatte dunkle Schatten unter den Augen. Noch immer starrte sie wie leblos in den Garten, dann beugte sie sich über das Geländer, fing an zu würgen und erbrach sich.

»Oh Miranda«, flüsterte Elena. Ihre Freundin tat ihr so leid. »Wir hätten es nicht tun sollen. Es war ein riesiger Fehler, das Buch aufzuschlagen.«

Miranda wandte sich ihr zu. »Ich war gefangen«, krächzte sie. »In vollkommener Dunkelheit ... Aber da waren noch andere Wesen – Tote ... Sie berührten mich ...« Ihre Stimme drohte zu versagen. »Es war das Totenreich, Elena – und ich mittendrin.« Sie krümmte sich, als hätte sie Bauchschmerzen.

Elena hörte mit klopfendem Herzen zu. Eiskaltes Grauen packte sie.

Mach, dass es nicht wahr ist, was Miranda da gesehen hat!, dachte sie inbrünstig.

Miranda fasste nach Elenas Arm. Ihr Blick schien sie zu durchbohren. »Und dann ... da waren Augen ... leuchtend rot ... Sie glühten ... Es war furchtbar. Vor mir ... war ein Magier ... Er wollte etwas von mir, aber ich weiß nicht, was ...« Sie schluchzte auf und fiel Elena um den Hals. »Ich wollte doch nur wissen, ob ich mal Diplomatin werde. Ich wollte nicht meinen Tod sehen, Elena ...«

»Vielleicht hast du ja ganz falsche Bilder gesehen«, murmelte Elena. Sie wusste nicht, ob sie mit diesen Worten Miranda nur trösten wollte oder ob sie selbst daran glaubte. »Kann doch sein, dass du gar nicht in die Zukunft geschaut hast. Es ist doch das erste Mal, dass du es versucht hast. Möglicherweise wollte dich das Buch einfach abwehren ... dir einen Schrecken einjagen ...«

»Das ist ihm gelungen«, sagte Miranda mit schwacher Stimme. Sie fing plötzlich an, hysterisch zu lachen. Elena hatte Angst, dass sie das ganze Haus wecken würde. Aber vielleicht wäre es gar nicht so schlecht, wenn Mona erscheinen würde. Sie könnte die Situation entschärfen und erklären, was Miranda gesehen hatte. Und der Rüffel, den es wegen des entwendeten Buches geben würde, wäre bestimmt nicht so schlimm wie Mirandas Panik.

»Es war Mafaldus Horus«, stieß Miranda unvermittelt aus. »Es waren *seine* roten Augen, die ich gesehen habe. Und er wollte ... das Amulett ...« Sie atmete schwer.

»Aber das Amulett haben wir doch gar nicht mehr«, erwiderte Elena. »Und mit Mafaldus hast du auch nichts zu tun. Das ist Papas Sache. Bestimmt hat dir deine Fantasie einen Streich gespielt, und du hast einfach alles durcheinandergebracht, was in der letzten Zeit passiert ist. Es war nicht deine Zukunft, Miranda, ganz bestimmt nicht! Es waren Erinnerungen ... Ängste ... Befürchtungen ...«

»Meinst du wirklich?«, fragte Miranda hoffnungsvoll. Sie strich sich die Haare aus der schweißnassen Stirn. »Vielleicht hast du ja recht ... Ich kann mit dem Buch noch nicht umgehen und es muss etwas schiefgelaufen sein ...«

»Lass uns wieder reingehen«, schlug Elena vor. »Du wirst sonst noch krank. Du bist ganz nass geschwitzt und es ist kühl.«

Miranda lächelte. Mit einem Fingerschnippen versuchte sie, Elenas Leuchtkugel zu löschen. Die Kugel zerplatzte mit einem deutlich vernehmbaren Knall.

»Du bist nervös«, meinte Elena.

»Kein Wunder, oder?« Miranda blickte auf den Boden, wo das Buch lag. »Und was sollen wir mit dem Buch machen?«

»Auf keinen Fall mit bloßen Händen anfassen«, warnte Elena. »Die böse Macht könnte weiter in dich eindringen.«

»Wir bräuchten etwas Isolierendes«, murmelte Miranda. »Beispielsweise einen Stoff mit eingewebten Fäden aus echtem Silber. Oder Katzenfell.«

»So was haben wir nicht«, sagte Elena niedergeschlagen.

Miranda dachte einen Moment lang nach. »Dann nehme ich eben meinen Bademantel«, entschied sie dann. Sie ging in ihr Zimmer und kam gleich darauf mit ihrem rosafarbenen Frotteemantel zurück. »Frottee isoliert notfalls auch. Wichtig ist, dass das Buch nicht mit unserer Haut in Kontakt kommt.« Behutsam wickelte sie das Buch in den Mantel und trug das dicke Bündel in ihr Zimmer zurück, während Elena inzwischen die anderen Sachen wegräumte. Zum Schluss beseitigten die Mädchen die beiden Pentagramme aus Kreidestrichen. Nun war nichts mehr von ihrem nächtlichen Experiment zu sehen.

»Macht es dir was aus, wenn ich heute Nacht bei dir schlafe?«, fragte Miranda. »Ich würde mich sicherer fühlen.«

Elena hatte nichts dagegen. Sie konnte sich vorstellen, dass Miranda nach ihrem Erlebnis nicht allein in ihrem Bett liegen wollte.

»Das ist lieb von dir«, sagte Miranda dankbar. »Und wenn du merkst, dass ich schlecht träume, dann weckst du mich sofort, ja?«

Wider Erwarten schlief Miranda jedoch tief und fest, und als am nächsten Morgen die Vögel zwitscherten, war es fast so, als hätte es den Vorfall in der Nacht gar nicht gegeben. Diesmal fuhr Jolanda Daphne, Elena und Miranda zur Schule, während Oma Mona Rufus zu Fuß zum Kindergarten brachte, der nur zwei Straßen entfernt war. Die Fahrt zur Schule verlief viel ruhiger als sonst. Jolanda war einfach die bessere Autofahrerin.

Vor der Schule war es jedoch sofort mit der Ruhe vorbei, denn Daphne begegnete Alexander, mit dem sie in der letzten Zeit öfter ausgegangen war. Sofort fing sie an, mit ihm zu streiten und ihn lauthals zu beschimpfen.

»Warum hast du mich gestern Abend versetzt? Du hättest mir wenigstens eine SMS schreiben können!«

»Ich dachte, du hast kein Handy«, murmelte Alexander.

Daphnes Stimme wurde noch lauter. »Das ist die blödeste Ausrede, die ich je gehört habe. Natürlich habe ich ein Handy, und du hast mich auch schon darauf angerufen, du Idiot!« Sie warf ihre Haare zurück und sah entschlossen aus. »Du musst dich entscheiden, Alex! Wenn du Lisa lieber magst, dann sag mir das gefälligst! Ich lasse mich jedenfalls nicht mehr länger hinhalten!«

Miranda und Elena wechselten einen bedeutungsvollen Blick. Ausgerechnet Daphne musste das sagen! Erst gestern Nachmittag hatte sie wieder heiße Liebesschwüre in ihren *Transglobkom* gesülzt, als sie mit Gregor gesprochen hatte. Elena hatte es zufällig mit angehört und Miranda davon erzählt.

»Wir können ja am Wochenende mal zusammen ins Kino gehen«, schlug Alexander vor und fasste Daphne am Arm.

Sie riss sich los. »Am Wochenende habe ich schon was Besseres vor«, entgegnete sie schnippisch. »Ich habe nämlich einige Leute aus … aus meiner alten Heimat eingeladen und ich werde das ganze Wochenende über beschäftigt sein. *Sehr* beschäftigt!«

Damit ließ sie Alexander einfach auf dem Schulhof stehen und ging zum Eingang.

»Was hat sie vor?«, fragte Miranda.

»Mir hat sie nichts gesagt«, antwortete Elena. »Aber ich kann mir vorstellen, dass sie eine Party macht und dazu Gregor und ein paar andere Freunde aus der Hexenwelt eingeladen hat. Meine Mutter und meine Oma sollen bestimmt nichts davon erfahren; sie mögen Gregor ja nicht.«

»Ja, die würden bestimmt einen Aufstand machen, wenn sie wüssten, dass Gregor hier übernachtet.« Miranda grinste.

»Dann würden Mama und Oma wahrscheinlich gar nicht wegfahren. Oma würde garantiert ihren Workshop sausen lassen und Gregor gehörig zusammenpfeifen«, meinte Elena.

»Du verrätst ihnen also nichts?«, fragte Miranda.

Elena tippte sich an die Stirn. »Bin ich eine Petze oder was? Dann hätte ich heute Nacht ja auch nicht mitgemacht.«

Miranda nickte. »Ich finde, jeder hat ein Recht auf ein paar Geheimnisse. Die machen das Leben erst spannend.« Sie berührte Elenas Arm. »Ich glaube, wir sollten Nele und Jana nichts davon erzählen, was heute Nacht passiert ist. Diese Sache geht nur uns beide an.«

Elena zögerte, dann nickte sie. »Ist vielleicht besser. Ich glaube zwar noch immer, dass dir das Buch nur Angst eingejagt hat und du *nicht* deine Zukunft gesehen hast. Aber Nele und Jana könnten trotzdem erschrecken.«

Je weiter die Woche fortschritt, desto mehr Anzeichen gab es dafür, dass Daphne tatsächlich heimlich eine Party plante. Jolanda und Mona merkten allerdings nichts davon, sie waren mit ihren eigenen Reisevorbereitungen beschäftigt. Jolanda kaufte sich einen gut geschnittenen Hosenanzug, der verbarg, dass sie ein bisschen zu mollig war. Sie sah darin sehr geschäftstüchtig und karrierebewusst aus. Diesen Eindruck wollte sie auch bei ihrem Chef erwecken, damit er ihr in Zukunft verantwortungsvollere Aufgaben übertrug.

Auch Mona überlegte lange, was sie zu ihrem Hexen-Workshop anziehen sollte. Am Abend vor der Abreise erschien sie stolz in einem Dreiteiler aus grünem Stoff: bodenlanger Rock, Bluse und gesteppte Weste. Der Rock bestand aus mehreren Lagen und schimmerte geheimnisvoll metallisch. Passend dazu trug Mona einen ihrer selbst gestalteten Hüte, und diesmal saß darauf als Dekoration ein Grüner Leguan.

Elena zuckte zusammen, als sie den Hut sah. Der Leguan sah aus, wie ihr Vater in seiner Verwandlung ausgesehen hatte, nur etwas kleiner. »Oma, das geht nicht! Das kannst du nicht machen!«

»Warum nicht?«, fragte Mona.

»Weil es einfach geschmacklos ist!«, regte sich Elena auf.

»Ich finde meinen Hut sehr geschmack*voll*«, widersprach Mona. »Außerdem passt die Farbe genau zu meinem Rock und zu meinen Ohrringen.«

Elena schüttelte den Kopf. »Es ist ein abscheulicher Hut! Du hast immer gesagt, dass du Leguane nicht leiden kannst. Und jetzt auf einmal trägst du einen auf dem Kopf!«

»Stopp«, sagte Mona und lächelte. »Ich habe immer gesagt, dass ich Leon nicht leiden kann. Leguane an sich sind sehr hübsche Echsen. Vor allem dekorativ.« Sie zauberte sich einen Handspiegel und betrachtete sich. »Ich sehe fantastisch aus!« Sie blickte Elena an. »Ich verstehe ja, wenn ich mich mit diesem Hut nicht in der *Menschenwelt* zeigen kann. Aber der Workshop ist etwas anderes. Ich wette, alle Hexen werden mich um diesen wunderbaren Hut beneiden.« Sie zupfte sich eine Locke zurecht.

Elena gab es auf, ihre Großmutter umzustimmen. So ein Versuch war ohnehin sinnlos. Mona hatte den größten Dickschädel, den man sich vorstellen konnte. Und originelle Hüte waren nun mal ihre große Leidenschaft – neben dem Zaubern.

Auch Jolanda schien von Monas Leguan-Hut nicht begeistert zu sein. Elena bemerkte nur, wie sie ihre Lippen zusammenpresste, aber sie sagte nichts. Wahrscheinlich war sie die ewigen Diskussionen mit Mona leid. Die meisten brachten ohnehin nichts oder gingen zu Jolandas Ungunsten aus.

Der Leguan auf Omas Hut erinnerte Elena wieder an ihren Vater, und die Sehnsucht nach ihm wurde so groß, dass sie ein Ziehen im Bauch spürte. Wo war er jetzt? Ging es ihm gut? Wie lange würde es noch dauern, bis er zu Ihnen zurückkam?

Elena musste an Mirandas unheilvolle Vision denken, aber sie verdrängte schnell den Gedanken. Die Bilder, die Miranda gesehen hatte, hatten sicher überhaupt nichts mit den *Schwarzen Zauberkutten* oder dem unheimlichen Magier Mafaldus Horus zu tun. Würde Leon Bredov herausfinden, an welchem Platz die *Schwarzen Zauberkutten* den Magier verehrten? Eigentlich war der Magier schon lange tot, aber seine Anhänger suchten nach einer Möglichkeit, ihn ins Leben zurückzuholen. Elena überlief ein kalter Schauder. Sie ballte die Hände. Ihr Vater war jetzt stark, ein richtiger Held, sie musste keine Angst um ihn haben. Immerhin war er ein Spitzenagent der Zauberregierung! Als er ein Leguan gewesen war, hatte Elena ihn beschützen müssen, aber das war jetzt garantiert nicht mehr nötig …

Wie man einen modischen Hut gestaltet

Anleitung von Mona Bredov

Grundlage jeder Arbeit ist zunächst ein gewöhnlicher Strohhut, den man in verschiedenen Formen und Größen kaufen kann. Ich bevorzuge Hüte mit breiten Krempen, da sie mehr Platz für die Dekoration bieten.

Man kann verschiedene Materialien verwenden, um den Hut zu schmücken. Der Fantasie sind keine Grenzen gesetzt, aber man bedenke, dass der Hut zur Trägerin passen sollte.

Eine Wurzel oder ein Geweih weist auf Naturverbundenheit hin. Eine solche Dekoration ist vor allem für Waldhexen angebracht. Man kann die Wurzel oder das Geweih mit Moos oder Flechten behängen; es gibt viele sehr schöne Arten von Dunkelgrün bis Silbergrau. Ein roter Fliegenpilz auf der Krempe hat zweifellos Signalwirkung. Pilze in gedeckten Erdtönen sind unauffälliger. Sehr hübsch sieht auch eine Ansammlung von gelben Stockschwämmchen aus, die bei jeder Bewegung anmutig schwabbeln.

Eine oder mehrere Federn auf dem Hut (wie Menschen sie manchmal tragen) sind für Hexen weniger originell. Viel besser ist es, einen lebendigen Raben auf die Schulter zu setzen; aber man bedenke, dass die Kleidung strapazierfähig sein sollte, weil es Flecken geben kann. Schöner als Federn: ein Hut, der komplett mit Schmetterlingen dekoriert ist. Es sieht sehr interessant aus, wenn sich ab und zu ein Schmetterling erhebt und um den Kopf der Hutträgerin kreist – sozusagen als Symbol für die kreisenden Gedanken und die geistige Aktivität. Man kann sein Image damit enorm aufwerten.

Alles, was das Meer bietet, ist bestens als Hutschmuck geeignet:

Muscheln, Korallen, Anemonen. Echte Fische werden auf dem Hut sehr leicht schlecht und fangen an zu stinken. Man kann das Oberteil des Hutes abmontieren und durch ein Glasgefäß ersetzen. Dadurch ist es möglich, beispielsweise einen Goldfisch durch die Gegend zu tragen. Von der Verwendung eines Haifischkopfes als Dekoration rate ich dringend ab: Das Maul sieht wirklich zu fies aus.

Sehr chic ist ein Faultier als Hutschmuck. Allerdings muss man eine Querstange auf dem Hut befestigen, damit es genügend Halt hat. Mit einem kleinen Zauber kann man das Faultier dazu bringen, der Trägerin praktische Dinge zu reichen, zum Beispiel die Lesebrille oder ein Erfrischungstuch.

Kleine Anmerkung:

Es müssen nicht immer lebendige Tiere sein. Eine hervorragende Nachbildung aus Kunststoff erfüllt denselben Zweck: nämlich Aufsehen zu erregen und für seinen exquisiten Geschmack in Sachen Hutmode gelobt zu werden.

Unterschätze nie eine wütende Hexe!

»Du schaffst es bestimmt!« Nele klopfte Jana auf die Schulter. »Mach dir mal nicht in die Hose. Ich würde jedenfalls viel lieber im Gemeindehaus eine halbe Stunde lang Klavier spielen, als unser Wohnzimmer zu streichen. Wir müssen alles ausräumen – Fernseher, Couch, Schrank und so weiter. Bestimmt sind wir mit dieser blöden Streicherei das ganze Wochenende beschäftigt.«

»Es geht alles gut«, sagte auch Miranda und lächelte Jana an. »Gib mir deine Hände.«

Jana hob die Augenbrauen, dann gehorchte sie zögernd.

Miranda strich über ihre Finger und murmelte:

»Keine Angst, du machst das schon!
Sicher triffst du jeden Ton!
Wirst nicht zaudern, wirst nicht patzen.
Deine Neider werden platzen!«

»Sie werden doch nicht wirklich platzen?«, fragte Jana erschrocken nach und zog ihre Hände zurück. »Ich weiß, dass mich die Frau des Pastors nicht leiden kann! Bestimmt wünscht sie sich insgeheim, dass ich mich schrecklich blamiere. Aber deswegen passiert ihr doch jetzt nichts, oder?«

Nele lachte. »Skandal im Gemeindehaus!«

»Keine Sorge!«, beruhigte Miranda Jana. »Ich habe nur einen kleinen Hilfszauber ausgesprochen, keinen Fluch. Deine Finger werden einfach von ganz allein die richtigen Tasten finden, wie sonst auch. Mein kleiner Schutzzauber hält nur die Nervosität von dir fern.«

»Und der Zauber wird funktionieren, obwohl ich im Gemeindehaus spiele?«, vergewisserte sich Jana.

Miranda runzelte die Stirn. »Ja, sicher. Warum fragst du das?«

»Ich meine«, Jana wurde rot, »ihr seid doch Hexen … und ich muss ausgerechnet vor dem Pastor spielen …«

Elena schüttelte den Kopf. »Wir verbünden uns nicht mit dem Teufel, Jana, falls du das gemeint hast.«

Jana wurde noch röter. »Entschuldigung.«

Miranda und Elena wechselten einen Blick.

»Ich fürchte, es stimmt noch immer, was Adrian Freitag Zwigge in seinem Buch *Vom Umgang mit Menschen* über den Hexenglauben geschrieben hat«, sagte Miranda.

Menschen und Zauberei

von Adrian Freitag Zwigge

Der Homo sapiens sapiens (Mensch) hat normalerweise ein sehr negatives Verhältnis zum Homo sapiens magus (Hexe, Zauberer). Jegliche Art von Zauberei erscheint dem Menschen sehr verdächtig. Die Gründe dafür liegen in der Vergangenheit. Es gab eine Zeit, in der die Menschen Hexen und Zauberer erbittert verfolgt haben. Die Menschen begreifen nicht, dass es sich beim Homo sapiens magus um eine andere Menschenart handelt und dass die Magie Teil ihres Naturells ist. Stattdessen meinen die Menschen, der Homo sapiens magus wäre ein Mensch wie sie und hätte die Magie mithilfe des Teufels erworben.

Anstatt sich zu freuen, dass man sich mit einem kleinen Zauber den Alltag erleichtern oder auch Krankheiten heilen kann, haben die Menschen die Magie mit allen Mitteln bekämpft. Es gab eine sehr dunkle Zeit, in der weise, heilkundige Frauen auf dem Scheiterhaufen verbrannt worden sind. Die Menschen ersannen absurde Tests, mit denen man feststellen konnte, ob es sich um eine Hexe handelte oder nicht. Bei der Hexenprobe beispielsweise wurden einer Frau die Arme und Beine zusammengeschnürt. Dann wurde sie ins Wasser geworfen. Versank sie und ertrank, war bewiesen, dass sie keine Hexe war. Trieb sie auf dem Wasser und ging nicht unter, war der Beweis erbracht, dass die Frau mit dem Teufel im Bunde sein musste. Dann fischte man sie heraus und verbrannte sie. – Egal, wie die Hexenprobe ausging, die betreffende Frau musste auf jeden Fall sterben. Die Hexenprobe war also ein beliebtes Mittel, sich unerwünschte und lästige Frauen vom Hals zu schaffen.

Zum Glück haben die Hexenverbrennungen im Laufe des 18. Jahrhunderts in Europa aufgehört. In manchen Teilen der Welt werden aber bis heute noch Personen wegen Hexerei hingerichtet, weil man sie für Krankheiten und Unglücke verantwortlich macht.

»Die Zeit der Hexenverfolgungen muss unvorstellbar grausam gewesen sein«, meinte Elena. »Kein Wunder, dass es eine Grenze zwischen der Hexen- und der Menschenwelt gibt.«

»Ich wünsche mir so sehr, dass ich mit den alten Vorurteilen aufräumen kann, wenn ich erst einmal Diplomatin bin«, sagte Miranda.

»Ich wollte euch nicht beleidigen«, sagte Jana zerknirscht. »Ich weiß doch, dass ihr es gut meint und dass ihr niemandem schaden wollt. Und ich weiß auch, wie viel Mühe es euch kostet, Hexerei zu lernen.«

»Allerdings.« Elena nickte. »Das Hexendiplom ist eine ziemlich schwierige Prüfung und viele fallen beim ersten Mal durch.«

»Danke, dass du mir wegen des Vorspielens hilfst, Miranda«, sagte Jana. Sie lächelte unsicher. »Ich habe ein bisschen ein schlechtes Gewissen deswegen. Ist das jetzt nicht geschummelt?«

»Ich habe nicht gezaubert, dass du *besser* spielst als sonst«, stellte Miranda richtig. »Du wirst genauso spielen wie sonst. Also auch nicht *schlechter*. Was soll daran geschummelt sein?«

»Okay.« Jana sah erleichtert aus. »Ihr beide, ihr seid wirklich tolle Freundinnen. Ich werde euch natürlich gleich anrufen, wenn alles vorbei ist. Oder noch besser, wir treffen uns am Sonntag. Wir haben uns länger nicht außerhalb der Schule gesehen. Wie wär's, wenn wir zusammen kochen? Ich habe neulich ein neues Rezept ausprobiert: gefüllte Blätterteigtaschen mit Spinat. Die schmecken einfach köstlich!«

»Sonntag«, wiederholte Nele. »Mist, ich muss doch das Wohnzimmer streichen!«

»Und ich weiß nicht, ob es bei uns geht«, sagte Elena und warf Miranda einen Blick zu. »Daphne macht am Samstag eine Party und wir werden vermutlich eine Menge Gäste haben. Wahrscheinlich bleiben die meisten bis zum Sonntag.«

»Hexen?«, fragte Nele sofort.

Elena nickte.

»Die würde ich zu gerne mal sehen.« Neles Augen funkelten. »Ich möchte wissen, ob sie so sind wie ihr oder … oder anders …«

»Es sind ziemlich schräge Typen dabei und es könnte nicht ganz ungefährlich für euch sein«, sagte Elena vorsichtig. »Gregor van Luren kommt bestimmt, und von dem heißt es, dass er Kontakt zu Vampiren hat.«

»Dann kommt doch am Sonntagmittag einfach zu mir«, schlug Jana vor. »Nele, du kannst dich doch sicher mal für eine Stunde abseilen. Wir kochen und essen zusammen, und ich erzähle euch, wie es mit meinem Vorspielen geklappt hat.«

»Und deine Mutter hat nichts dagegen?«, fragte Elena, denn Frau Kleist, Janas Mutter, war manchmal ein bisschen heikel.

»Bestimmt nicht«, erwiderte Jana. »Natürlich werde ich versprechen müssen, dass wir die Küche wieder aufräumen, aber das ist ja kein Problem.«

»Vor allem nicht mit dem *Hex-Fix-Blitz-Blank-Zauber.*« Miranda grinste.

»Also – dann kommt ihr am Sonntag um elf Uhr zu mir, abgemacht?«, fragte Jana.

Die anderen nickten. Gleich darauf läutete es und die Pause war zu Ende.

Jolanda verabschiedete sich kurz nach dem Mittagessen. Sie war sehr aufgeregt und gab Elena und Daphne noch etliche gute Ratschläge.

»Denkt dran, dass ihr Rufus noch einmal ausdrücklich sagt, er soll auf keinen Fall zaubern, wenn er bei Lukas ist. Und schaut nach, ob er seinen Schlafanzug und seine Zahnbürste eingepackt hat.«

»Mama, das kriegen wir schon hin«, sagte Elena beruhigend, denn die Hektikflecken, die Jolanda im Gesicht hatte, gefielen ihr gar nicht. »Und außerdem fährst du nicht für zwei Monate weg, sondern nur für zwei Tage.«

»Trotzdem ... Ich habe kein gutes Gefühl«, meinte Jolanda. »Mir wäre wohler, wenn wenigstens Mona dabliebe.«

»Mama, wir sind keine Hexenbabys mehr«, fauchte Daphne. »Ich bin fünfzehn und Elena ist dreizehn. Denkst du nicht, dass wir in der Lage sind, mal 48 Stunden lang ohne Babysitter auszukommen?«

Jolanda wollte etwas erwidern, aber dann überlegte sie es sich anders. Sie lächelte etwas gequält. »Na gut, ihr habt ja recht. Ich muss wohl langsam akzeptieren, dass meine Kinder allmählich größer werden und mich nicht mehr ständig brauchen.«

»Du musst wirklich lernen, dass du dich nicht nur über deine Mutterrolle definierst«, bekräftigte Daphne.

Jolanda wirkte irritiert. »Ich definiere mich über was?«

»Ach, lass, vergiss es einfach.« Daphne schien jetzt keine Lust auf lange Diskussionen zu haben. Sie schielte unauffällig zur Uhr, und Elena fragte sich, wann wohl die ersten

Gäste eintrudeln würden. Hoffentlich nicht, bevor auch Oma weg war!

Da das Küchenfenster gekippt war, hörten sie, wie draußen vor dem Haus ein Auto hupte.

Jolanda wurde noch aufgeregter. »Das ist mein Chef. Er holt mich ab, damit ich meinen Wagen zu Hause lassen kann.« Sie umarmte Elena und wollte auch Daphne auf die Wange küssen, aber diese drehte genervt den Kopf weg. »Muss das sein, Mama?«

Jolanda reagierte nicht. Sie beugte sich zu Rufus hinab, der auf dem Küchenfußboden mit Bausteinen spielte, und fuhr ihm durchs Haar. »Tschüs, mein Schatz. Ich bin bald wieder da. Und vertrage dich mit Lukas!«

Rufus nickte geistesabwesend.

Jolanda verabschiedete sich auch von Mona und Miranda, dann hatte sie es plötzlich so eilig, zur Haustür zu kommen, dass sie beinahe ihren Trolley vergessen hätte. Elena lief ihr hinterher.

»Halt, Mama!«

Jolanda drehte sich um. »Ach so, natürlich, mein Koffer. Danke.«

»Hoffentlich hast *du* deine Zahnbürste und dein Nachthemd dabei.« Daphne feixte.

»Und nutze deine Chancen, Kindchen«, sagte Mona mit einem hinterhältigen Lächeln.

»Wie meinst du das?«, fragte Jolanda irritiert. »Welche Chancen?«

»Zum Flirten, Liebes«, antwortete Mona. »Bei dem Seminar sind doch bestimmt auch eine Menge Männer.«

Jolanda wurde rot. »Mutter! Darf ich dich daran erinnern, dass ich glücklich verheiratet bin?«

»Aber dein Ehemann ist entweder ein Leguan oder unterwegs«, erklärte Mona. »Beides ist nicht gerade dazu geeignet, eine Frau glücklich zu machen.«

»Du bist wirklich unmöglich!« Jolanda schoss einen wütenden Blick in die Richtung ihrer Mutter und eilte zur Haustür hinaus.

»Ich sage nur die Wahrheit«, rief Mona ihr hinterher. Aber da war die Tür schon ins Schloss gefallen. Als Mona sich umdrehte, merkte sie, dass alle sie anstarrten.

»Ich glaube, es wird Zeit, dass ich mich auch auf den Weg mache«, murmelte Mona, schnippte mit den Fingern und war gleich darauf in perfekter Reisekluft. »Ich möchte wissen, warum das *transglobale Portal* noch nicht aufgetaucht ist. Ich habe meinen Übergang in die Hexenwelt für vierzehn Uhr beantragt, und jetzt ist es schon eine Viertelstunde danach. Nun, dann gehe ich eben noch einmal auf die Terrasse, einen Zigarillo rauchen.«

Sie rauschte an den Mädchen vorbei. Elena und Miranda blickten sich an und zuckten die Achseln. Dann gingen die beiden in die Küche und begannen mit dem Aufräumzauber, während Rufus noch immer mit seinen Bausteinen spielte. Elena schaute genau hin und stellte fest, dass er einen Turm gebaut hatte, der über dem Boden schwebte. Elena kniete sich neben ihn.

»Ganz wunderbar, Rufus. Du wirst bestimmt mal ein großer Zauberer. Aber mach so was nicht bei Lukas, ja?«

»Nein, dann merkt er doch, wer wir sind.« Rufus sah Elena entrüstet an. Seine großen blauen Augen leuchteten. »Das muss doch geheim bleiben!«

»Ganz genau.« Elena lächelte. Ihr kleiner Bruder war für seine vier Jahre wirklich ganz schön schlau.

Sie richtete sich auf und konnte gerade noch einigen Tellern ausweichen, die durch die Luft flogen und sich auf dem Küchenbord sauber stapelten. Miranda stand mit zufriedener Miene da, den Zeigefinger ausgestreckt, und passte auf, dass sich das Geschirr wieder ordentlich einräumte.

»Die Menschen haben zwar die Geschirrspülmaschine erfunden, aber sie müssen sie noch immer selber ausräumen. So ist es viel praktischer! Und mein Reinigungszauber ist bestimmt genauso wirksam wie ein Waschvorgang. Außerdem energiesparender …«

Als die Küche wieder ordentlich aussah, kam Mona hereingestürmt. Sie duftete nach ihrem Minztabak und sah sehr wütend aus.

»Hölle und Schwefel! Wo bleibt denn dieses verflixte *Portal*? Ich werde noch meinen Workshop versäumen.« Sie atmete heftig. »Wenn man sich mal auf die Behörden verlässt! Ich werde *illegal* über die Grenze gehen müssen, wenn ich pünktlich sein will!«

Bevor Elena nachfragen konnte, auf welche Weise man illegal in die Hexenwelt gelangen konnte, begann Mona sich schon aufzulösen. Zuerst verschwanden ihre Füße, dann ihr Rocksaum, ihr Unterleib, ihre Taille, ihre Brust, ihr Hals … Zuletzt war nur noch ihr Kopf mit dem Hut übrig.

»Macht keine Dummheiten, ihr Lieben!«

Mona küsste die Luft. Dann war auch ihr Kopf nicht mehr zu sehen. Der Leguan auf dem Hut hielt sich am längsten, er schwebte noch mindestens zwei Sekunden in der Luft, während die restliche Mona bereits komplett aus ihrem Blick verschwunden war.

»Ich wette, das macht sie mit Absicht, weil sie uns ärgern will«, sagte Elena.

In diesem Moment polterte es laut im Wohnzimmer. Die beiden Mädchen wechselten einen Blick, dann rannten sie los, um nachzusehen, was passiert war.

Mitten im Wohnzimmer war ein schwarzes Viereck entstanden. Daraus purzelten und hüpften lauter Gestalten, die alle durcheinanderredeten.

»Musst du so drängeln?« – »Mann, hör auf zu schubsen!« – »Wir sind ja schon da!« – »Hoppla!«

»Gregor!«, rief Daphne freudig, die gerade zur Tür hereingekommen war. Sie warf sich einem jungen Mann in die Arme. Als sie sich küssten, entstand ein heftiger Blitz, der die beiden auseinanderschleuderte. Daphne landete auf dem Sofa und berührte mit den Fingern entsetzt ihre Lippen.

»Was war das denn?« Sie runzelte die Stirn und blickte sich suchend um. »Oma Mona?!«

»Sorry.« Gregor stand lächelnd vom Fußboden auf. »Das liegt bestimmt an diesem verdammten Portal. Wir mussten einen Schleichweg nehmen. Vielleicht waren es einfach zu viele Leute auf einmal ... Hallo, Kumpels, seid vorsichtig! Wir sind noch energetisch aufgeladen!«

Trotz seiner Warnung zischten weitere Blitze durch den Raum und es gab mehrere kleine Explosionen. Ein gerahmtes Foto fiel von der Wand und das Glas zerbrach. Sonst passierte zum Glück nichts. Dann waren die überschüssigen Energien endlich verpufft und Elena konnte die Gäste betrachten.

Sie kannte Gregor von früher, und er sah noch abenteuerlicher aus, als sie ihn in Erinnerung hatte. Er war ganz in Schwarz gekleidet und trug einen Umhang. Sein schwarzes Haar war schulterlang und glänzte, als sei es geölt. Die violetten Augen leuchteten eigentümlich. Man munkelte schon längere Zeit, dass Gregor Kontakt zu Vampiren hatte, und es gab sogar Gerüchte, die behaupteten, er sei selbst einer. Doch dann hätte seine Haut bleich sein müssen ... Elena fand, dass Gregor eher wie ein Mensch aussah, der gerade aus einem dreiwöchigen Mallorca-Urlaub zurückgekommen war, braun gebrannt und erholt. Sein verwegener Dreitagebart passte auch nicht zum Erscheinungsbild eines üblicherweise gut aussehenden Vampirs.

»Bekommt man hier nichts zu trinken?«, rief jemand.

»Ja, ich dachte, hier steigt eine Party!«, ertönte eine andere Stimme.

Daphne kicherte nervös.

»Ja, die steigt auch ... Ihr seid nur ein bisschen zu früh! – Hilfst du mir, Gregor?«

Rufus war in der Küchentür erschienen. Stumm und fasziniert starrte er auf die bizarren Gestalten, die das Wohnzimmer bevölkerten. Das Portal war inzwischen wieder verschwunden. Die Gäste betrachteten alles neugierig. Wahrscheinlich war es für die meisten der erste Ausflug in die Menschenwelt.

Ein Albino in einem weißen Seidenanzug beugte sich über den Zimmerspringbrunnen. Elena hatte noch nie eine so farblose Person gesehen. Sein Teint und die langen Haare schienen fast denselben Ton zu haben; nur die Augen schimmerten blassblau und waren rot gerändert. Er tauchte seine Hände ins Wasser, schöpfte etwas davon und trank.

»Das ist destilliertes Wasser! Nicht sehr gesund!«, warnte Elena.

»Wasser?« Der Albino lächelte. Er schnippte mit den Fingern. »Oh nein, das ist allerbester Wodka!«

Wodka?

Elena schwirrte auf einmal der Kopf von all den vielen Leuten, die sich im Wohnzimmer befanden. Sie trugen ausgefallene Kleider – Kreationen, die Mona sicher gefallen hätten. Eine junge, offenbar schwangere Hexe hatte eine regenbogenfarbige Latzhose an. Neben ihr stand ein Zauberer in hautengen violetten Lederhosen, der Oberkörper war nackt und mit schwarzen Runenzeichen tätowiert. Ein Zwerg mit feuerroten Rastazöpfen zog eine Flöte aus seinem grünrot gestreiften Anzug hervor und fing an, eine wilde Melodie zu spielen.

»Ja, Musik«, rief der Albino. »Wir brauchen Musik!« Er zeichnete etwas in die Luft, worauf ein unsichtbares Orchester zu spielen begann.

Elena hatte große Lust, sich die Ohren zuzuhalten, doch da packte der Albino sie am Arm und lächelte sie an.

»Du musst Elena sein. Daphne hat mir schon viel von dir erzählt. Ich bin übrigens Ludwig.«

Elena konnte sich nicht daran erinnern, dass Daphne den Namen Ludwig schon einmal erwähnt hatte, aber sie erzählte innerhalb der Familie sowieso wenig von ihren Bekanntschaften. Ludwig schien sich Elena als Gesprächspartnerin ausgesucht zu haben, denn er fing an, auf sie einzureden.

»Wie gefällt es dir in der Menschenwelt? Stört es dich nicht, dass die Menschen so primitiv sind? Hast du schon einen Freund? Meinst du nicht, dass Zauberer besser küssen als Menschen?«

Die Berührung war Elena unangenehm. Ludwigs Hand lag feucht und schlaff auf ihrem Arm. Sie machte sich los.

»Entschuldige mich … Ich muss mal nach Miranda sehen …« Sie flüchtete aus dem Wohnzimmer in die Eingangshalle, wo Miranda auf den Treppenstufen saß und Rufus gerade die Schuhe zuband.

»Hilfe!« Elena setzte sich erschöpft neben sie. »Ich wusste nicht, dass Daphne sooo viele Leute eingeladen hat!«

»Ich habe damit gerechnet«, murmelte Miranda. »Für die meisten ist es eine einmalige Chance, die Menschenwelt zu sehen. Ich glaube, ich wäre auch mitgegangen, wenn ich damals so eine Einladung bekommen hätte.«

Die Musik, die aus dem Wohnzimmer kam, war so laut, dass die beiden Mädchen das Klingeln an der Haustür fast nicht gehört hätten. Elena sprang auf und öffnete die Tür.

Draußen stand eine rundliche Frau.

»Hallo, ich bin Tina Hagen, Lukas' Mutter«, stellte sie sich vor. »Ist Rufus fertig? Lukas ist schon ganz aufgeregt. Es ist das erste Mal, dass er einen Freund übers Wochenende einlädt.«

Elena konnte sich dunkel an Frau Hagen erinnern. Sie hatte sie schon einmal gesehen, als sie Rufus vom Kindergarten abgeholt hatte.

»Rufus freut sich auch schon«, sagte Elena. Sie drehte sich um, um nach ihrem kleinen Bruder zu sehen. »Wo sind deine Sachen, Rufus?«

»Noch oben in meinem Zimmer«, antwortete ihr kleiner Bruder.

»Ich hole sie«, bot sich Miranda an und lief die Treppe hoch.

Frau Hagen betrat inzwischen die Eingangshalle, und Elena merkte, wie sie sich verstohlen umsah. Die Halle war sehr luxuriös ausgestattet, überall weißer Marmor und an den Wänden hingen große Spiegel mit Goldrahmen. Jeder, der das Haus sah, musste denken, dass die Bredovs sehr viel Geld hatten oder sogar Millionäre waren.

Plötzlich ging die Tür zum Wohnzimmer auf und Ludwig kam mit dem rothaarigen Zwerg heraus. Ohrenbetäubende Musik erklang. Der Zwerg schwenkte eine Flasche mit Spaßzaubertrank – der Gag jeder echten Hexenparty.

Bunte Wölkchen kamen aus dem Flaschenhals und formten eine Traube großer Seifenblasen. In jeder Blase saß eine kleine Figur, die Musik machte, entweder auf einer winzigen Trompete oder auf einem Xylofon oder mit einer Harfe. Frau Hagen fielen fast die Augen aus dem Kopf, als sie die beiden Zauberer sah.

»Oh, ihr habt Besuch?«, fragte sie mit schriller Stimme.

»Ja, wir ... äh ... machen ein Kostümfest«, erklärte Elena, dankbar dafür, dass ihr so schnell eine Ausrede eingefallen war. Sie verknotete ihre Hände auf dem Rücken und sprach in Gedanken inbrünstig einen *Zauber-Unterdrückungs-Zauber*, der verhindern sollte, dass Ludwig oder der Zwerg in ihrer Gegenwart Magie einsetzten.

»Hallo!« Ludwig trat auf Frau Hagen zu. »Bist du eine von uns oder ein Mensch? Hab dich noch nie gesehen. Hat dich Daphne auch eingeladen?«

Elena ging rasch dazwischen und schob Ludwig rückwärts in Richtung Wohnzimmer. »Frau Hagen will nur meinen kleinen Bruder abholen, er darf auswärts schlafen!«

Ludwig nutzte den Moment, um Elena fest an sich zu drücken.

»He, du bist ja eine ganz Süße! Ich glaube, diese Party wird sich lohnen! Es wäre ein Jammer gewesen, wenn ich nicht gekommen wäre ...«

Elena fing an zu schwitzen. Ludwig roch stark nach Lavendelöl, richtig widerlich, und er hielt sie entschieden zu eng umschlungen. Was bildete sich dieser Kerl überhaupt ein? Sie war doch nicht sein Eigentum! Verzweifelt versuchte sie, sich zu befreien.

»Lass mich los!« Mit einer Hand hämmerte sie gegen seine Brust.

Ludwig lachte. »Schrei doch ein bisschen!«

Der Kerl war ein Albtraum! Normalerweise hätte Elena versucht, sich freizuzaubern, aber sie traute sich nicht, weil sie wusste, dass Frau Hagen hinter ihr stand.

Plötzlich taumelte Ludwig, ließ Elena los und fiel rücklings auf den Boden. Elena war überzeugt, dass er über die Teppichkante gestolpert war. Doch als sie sich umdrehte, sah sie Miranda und erkannte an ihrem Blick, dass die Freundin unauffällig gehext und Ludwig zum Stolpern gebracht hatte.

Miranda lächelte und deutete auf ein kleines blaues Köfferchen. »Hier sind Rufus' Sachen.«

Elena umarmte ihren kleinen Bruder. »Viel Spaß bei Lukas! Und seid nicht die ganze Nacht wach, hörst du?«

Rufus nickte und gab Elena einen Kuss auf die Wange. »Tschüs, Elena!«

»Vielen Dank, dass Rufus bei Ihnen übernachten darf«, sagte Elena höflich zu Frau Hagen. »Und wenn es zu schlimm werden sollte mit den beiden, dann rufen Sie einfach an und ich werde Rufus abholen.«

»Ach, wir werden die zwei Nächte schon überstehen«, meinte Frau Hagen und warf noch einmal einen misstrauischen Blick in Richtung Wohnzimmer. Dann nahm sie Rufus, der seinen kleinen Koffer trug, an die Hand und marschierte mit ihm zur Haustür hinaus. Elena winkte und wartete, bis sie ins Auto eingestiegen und losgefahren waren. Dann erst schloss sie die Haustür und lehnte sich erleichtert dagegen.

»Uff! – Danke, Miranda! Dieser Ludwig hätte fast alles verdorben!«

Unkonzentriertheit beim Zaubern ist ein großer Fehler

Daphnes Party war eine Katastrophe. So empfand es zumindest Elena. Ihre Schwester sorgte dafür, dass überall im Haus schreckliche Dekorationen auftauchten. Blinkende Masken, eine Art Wasserspeier, schenkten höllische Cocktails aus. Künstliche Schlangen ringelten sich um Lampen und unter den Sesseln und spuckten jedem, der es verlangte, scharfes Knabberzeug in die Hand.

Es wurde auch jede Menge geraucht, und keineswegs nur würzige Kräuter-Zigarillos, die Mona sonst bevorzugte. Dick und schwer schwebte der Qualm im Raum und formte sich zu grässlichen Fratzen. Die Gäste machten sich einen Spaß daraus, aus dem Rauch die seltsamsten Ungetüme entstehen zu lassen, die im Rhythmus der Musik ihre großen Mäuler aufrissen.

Elena hatte bald genug, vor allem auch, weil sich Ludwig ständig an ihre Fersen heftete.

»Jetzt lass mich doch endlich mal ein paar Minuten in Ruhe!«, fauchte sie ihn schließlich an und zog sich auf die Terrasse zurück. Dort konnte sie wenigstens durchatmen. Es war schon ein wenig kühl, die Herbstsonne hatte nicht mehr die Kraft wie im Sommer. Die Bäume im Garten begannen bereits, sich zu verfärben. Nur der Rasen war noch saftig und dunkelgrün – die Folge von Oma Monas grünem Daumen. In ihrer Gegenwart wucherten alle Pflanzen äußerst üppig. Elena sog tief die Luft ein, die ein bisschen nach Erde, fauligen Blättern und reifem Obst roch. Die Sonne stand tief am Himmel und die Bäume warfen lange Schatten. Elena genoss diesen Augenblick. Es war hier draußen so schön. Sie erinnerte sich an den *Outsider-Hill* in der Hexenwelt, jene Gegend, in der die Bredovs zuletzt hatten wohnen müssen, bevor sie ins HEXIL gegangen waren. Dort war die Erde niemals richtig trocken geworden, weil es achtzehn Stunden am Tag regnete.

Elena dachte nach, ob es ihr in der Menschenwelt oder in der Hexenwelt besser gefiel. Sie kam zu keinem Ergebnis. Außer Miranda hatte sie nie eine richtige Freundin gehabt. Ihre anderen Freundinnen hatten sie verlassen, nachdem Leon Bredov vom Zaubergericht verurteilt und in einen Leguan verwandelt worden war. Wenn diese Mädchen jetzt wüssten, dass alles anders gekommen war und Elenas Vater in Wirklichkeit als Geheimagent arbeitete!

Ich wäre vermutlich das beliebteste Mädchen in der Klasse, dachte Elena. Aber solche Schleimer brauche ich nicht!

Sie würde nie vergessen, wie sie gemobbt worden war!

Da waren Nele und Jana ganz anders! Elena lächelte und fasste im selben Moment den Entschluss, dass der Kontakt zwischen ihnen nie abreißen würde, selbst wenn die Bredovs eines Tages in die Hexenwelt zurückkehren würden.

Jemand trat auf die Terrasse. Elena drehte sich herum. Oh nein, dieser Ludwig! Würde er denn das ganze Wochenende an ihr kleben wie eine Klette?

»Na, einsam?«, fragte er und lächelte.

»Überhaupt nicht«, sagte Elena. »Ich habe gerade mit den Naturgeistern geplaudert und mich dabei bestens unterhalten.«

Ludwig lachte leise. »Stimmt es, was man sich erzählt? Dein Vater ist ein Geheimagent?«

Hatte Daphne gequatscht? Elena wusste nicht, wie sie sich verhalten sollte.

Für Papas Aufgabe war es sicher besser, wenn nicht allzu viele Leute die Wahrheit kannten.

»Wie kommst du denn darauf?«, fragte Elena und machte ein harmloses Gesicht.

»Ich glaube, Gregor hat es kürzlich mal erwähnt ...«

Also doch Daphne! Elena nahm sich vor, einmal ein ernstes Wort mit ihrer Schwester zu reden. Ihr Leichtsinn konnte noch Papas Mission gefährden!

»Ach was«, spielte Elena die Sache herunter. »Da hast du dich sicher verhört. Mein Vater betreibt ein geheimes Forschungsprojekt über die Menschenmänner, die über vierzig Jahre alt sind. Er untersucht ihre Gedanken und Wünsche. Du weißt doch, wir sind im HEXIL und müssen die Forschungen über die Menschen auf den aktuellen Stand bringen. Das Standardwerk von Adrian Freitag Zwigge *Vom Umgang mit Menschen* ist nämlich ziemlich veraltet.«

»Verstehe.« Ludwig nickte ein paar Mal.

Elena hörte die Enttäuschung in seiner Stimme. Innerlich fiel ein Stein von ihrem Herzen. Ludwig schien ihr die Ausrede zu glauben!

»Ziemlich langweilig, euer Garten«, murmelte Ludwig und ließ seinen Blick schweifen.

»Ich finde unseren Garten eigentlich sehr schön«, widersprach Elena energisch.

»Viel zu ruhig und friedlich«, meinte Ludwig. »Keine sprechenden Bäume, keine fleischfressenden Pflanzen, kein Leuchtholz, nicht einmal singendes Wasser. Was ist los mit euch? Traut ihr euch nicht zu hexen? Oder habt ihr es inzwischen verlernt? Soll ich nachhelfen?«

Ehe Elena ihn daran hindern konnte, fing er an zu zaubern. Mit einem Knall warfen die Bäume alle ihre Blätter ab und standen nackt und kahl da. Elena riss die Augen auf, als sie sah, wie auf einmal viele Löcher in den Ästen erschienen. Gleich darauf ertönte im Garten ein vielstimmiges Flötenkonzert. Ludwig hatte die Äste in lauter Flöten umgewandelt. Jeder Baum spielte eine eigene Melodie und der Zusammenklang war sehr schräg.

Elena hielt sich die Ohren zu. »Das ist ja scheußlich! Mach es sofort rückgängig!«

Aber Ludwig lachte nur. Er bewegte seinen Zeigefinger in Richtung Gartenteich. Dort erschien eine rote Fontäne. Auch das Wasser des Teichs färbte sich rot wie Blut.

»Was tust du da?«, schrie Elena entsetzt und rüttelte den Albino am Arm.

»Das ist allerbester Rotwein«, sagte Ludwig. »Du solltest mir dankbar sein. Ich finde, Daphne hat zu wenige Getränke im Haus. Jetzt gibt es wenigstens keinen Engpass mehr!«

»Aber die Kois!«, schrie Elena.

»Was, zum Teufel, sind Kois?«

»Das sind sehr wertvolle Fische«, erklärte Elena. »Japanische Karpfen …«

»Die werden sich bestimmt gut in der Pfanne machen!«

»Die Kois sind ganz zahm … und … und … sie gehören Miranda!«

Ludwig seufzte und bewegte abermals den Zeigefinger. Die Fontäne verschwand und das Wasser sah wieder normal aus.

Elena lief besorgt zum Teich, um nachzusehen, wie die Kois den Zauber verkraftet hatten. Als die Fische Elena bemerkten, schwammen sie gleich zum Rand. Elena tauchte ihre Hand ins Wasser, streichelte einen Koi und versuchte dabei, den Fisch magisch zu scannen, um herauszufinden, ob es ihm gut ging. Das war schon *höhere Zauberei*. Diese Lektion war in Elenas Lehrheft vor zwei Tagen vorgekommen und sie hatte das Scannen nur einmal kurz an Miranda ausprobiert. Sie wusste nicht, ob sie es wirklich konnte. Miranda war viel besser in solchen Dingen …

»Ruhig, ganz ruhig!«, redete Elena auf den Karpfen ein. Sie spürte, wie er unter ihren Fingern zitterte. Sie konzentrierte sich und schloss die Augen.

Geht es dir gut, Fisch?

Sie konnte keinen Schaden feststellen, auch keine Verspannungen, im Gegenteil. Der Koi schien völlig entspannt zu sein, ganz gelöst … vielleicht ein bisschen beschwipst …

Elena zog ihre Hand aus dem Wasser und warf einen zornigen Blick zu Ludwig, der ihr von der Terrasse aus zugesehen hatte. Die Bäume flöteten noch immer vor sich hin, etwas leiser und harmonischer. Sie schienen sich gegenseitig anzupassen.

»Stell endlich dieses schreckliche Pfeifkonzert ab!«, forderte Elena.

»Ganz wie du willst!« Ludwig zeichnete mit seinem Arm etwas in die Luft. Plötzlich flogen unzählige Silberflocken aus seinen Fingern und hängten sich an die Bäume, wo sie sich in lauter kleine Glöckchen verwandelten.

Es bimmelte, klingelte, klirrte … Aber Ludwig war noch nicht fertig.

»Und nun noch etwas *Illumination*!« Er murmelte einen Spruch in einer fremdartigen Sprache.

Mitten im Garten erschien ein rötlicher Punkt. Er wuchs und wuchs, dehnte sich nach allen Seiten aus, bekam Hals, Schwanz und vier Pfoten, zwei Flügel und viele Schuppen – ein perfekter Drache, meterhoch! Langsam bewegte sich das Tier auf Elena zu und blies ihr dabei seinen Feueratem ins Gesicht.

Elena starrte den Drachen an. Obwohl sie wusste, dass er nur eine optische Täuschung war und genauso ungefährlich wie *Amormagie*, fühlte sie großes Unbehagen. Am liebsten wäre sie rückwärts ausgewichen, doch hinter ihr befand sich der Teich …

»Wirst du nachher mit mir tanzen, liebste Elena?«, flötete Ludwig. »Dann lasse ich das Untier gleich wieder verschwinden. Ich kann es aber auch noch ein bisschen größer machen!«

Elena streckte den Arm aus und versuchte verzweifelt, sich an einen Zauberspruch zu erinnern, mit dem man eine solche Erscheinung abwehren konnte. Die richtigen Worte ließen eine *Illumination* sofort platzen!

Da flog ein blauer Leuchtpfeil quer durch den Garten, erreichte den Drachen und bohrte sich in seine Haut. Der Drache zerplatzte wie eine Seifenblase und nichts blieb von ihm zurück.

Elena wandte den Kopf und entdeckte Miranda auf der Terrasse. Sie stand neben Ludwig und sah sehr wütend aus.

Illuminationszauber

Das Hervorrufen einer fantasievollen Lichterscheinung aus dem Nichts. Die Erscheinungen können alle möglichen Formen und Farben annehmen. Sie können einem Tier oder einer Person ähneln, aber auch abstrakt sein oder sich auf reine Lichtmuster beschränken. Illuminationen können sehr dekorativ aussehen und werden im Alltag gerne auf Hexenpartys oder Festen eingesetzt. Die meisten Illuminationen sind sehr störanfällig und lösen sich nach wenigen Sekunden oder Minuten auf. Dauerhafte Illuminationen, die sich tage- oder wochenlang halten, erfordern größeres zauberisches Geschick.
Es gibt inzwischen landesweite Illuminationswettbewerbe, bei denen sich Zauberer und Hexen gegenseitig in ihrer Kunst messen können. Diese Wettbewerbe erfreuen sich zunehmender Beliebtheit, denn sie sind ein Fest für die Augen und haben in den letzten Jahren eine sehr hohe Qualität erreicht.

Sie schwang ihren Arm, und die Glöckchen an den Bäumen verschwanden. Dann versuchte Miranda, wieder die Blätter an die Bäume zu hexen, aber dieser Zauber misslang. Zwar erhob sich das Laub vom Boden und flatterte kurz in die Höhe, aber die Blätter blieben nicht mehr an den Zweigen haften, sondern taumelten wieder ins Gras.

»Mist!«, schimpfte Miranda. Sie stieß Ludwig ärgerlich in die Rippen. »Wie sehen unsere schönen Bäume aus? Jetzt müssen wir bis zum Frühjahr warten, bis sie neue Blätter bekommen!«

»Mir doch egal«, murmelte Ludwig, drehte sich um und ging ins Wohnzimmer zurück, wo inzwischen einige angeheiterte Gäste zu tanzen angefangen hatten.

Miranda versuchte noch einmal, das Laub an die Bäume zu zaubern, aber es klappte wieder nicht. Ärgerlich ließ sie den Arm sinken.

»Das kann ich noch nicht«, sagte sie, als Elena neben sie trat. »Die Blätter fangen bereits an zu sterben. Ich kann den Prozess nicht mehr aufhalten. Echter *Lebenszauber*, der keine Schwarzmagie ist, ist ungeheuer schwierig durchzuführen. Ich glaube, man kann ihn im letzten Jahr an der Uni lernen.«

Die Bäume sahen wirklich traurig aus.

»Vielleicht kriegt Oma Mona das wieder hin«, meinte Elena.

»Oder dein Vater, wenn er zurückkommt«, sagte Miranda. »Vergiss nicht – der hat ja schließlich eine Spezialausbildung. Er muss ein wahnsinnig guter Zauberer sein.«

Elena nickte. Dann hakte sie sich bei Miranda unter und ging mit ihr ins Haus zurück.

Ludwig saß mit der schwangeren Latzhosen-Hexe auf der Couch und redete auf sie ein. Elena war froh, dass er nun ein anderes Opfer gefunden hatte.

Auch in der Küche drängten sich die Gäste und plünderten den Kühlschrank. Die Unordnung und der Lärm waren unglaublich.

Elena und Miranda wechselten einen Blick.

»Und wir haben vorhin erst aufgeräumt«, schrie Miranda Elena ins Ohr. »Das hätten wir uns wirklich schenken können.«

Die Party zog sich bis in den Keller hinunter. In der Waschküche hatte Daphne eine Bar errichtet. Hinter der Theke stand Gregor und schenkte merkwürdig schimmernde Getränke aus, beispielsweise den *Schwebe-Drink*, der jeden nach wenigen Schlucken schwerelos machte, oder den

Rainbow-Hair-Cocktail, der dafür sorgte, dass die Haare in den Regenbogenfarben zu leuchten anfingen. Elena bemerkte, dass die Waschmaschine rotierte, aber im Innern drehte sich keine Schmutzwäsche, sondern Leuchtfarbe. Durch das Bullauge wurden bunte Reflexe an die Wände geworfen, und aus der Öffnung, in der sonst das Waschpulver eingefüllt wurde, dröhnte laute Musik.

Elena verdrehte die Augen. Gregor oder Daphne mussten das Gerät manipuliert haben. Ob die Waschmaschine nächste Woche noch einwandfrei funktionieren würde? Technik und Magie vertrugen sich nämlich nicht so gut, das hatte ihnen der Hexilbeauftragte gleich am ersten Tag eingeschärft. Jolanda würde ausrasten, wenn ihre geliebte Waschmaschine kaputt war. Sie war fasziniert von der Technik und dem menschlichen Erfindungsgeist, der Dinge wie beispielsweise eine Kaffeemaschine möglich machte. Mona dagegen rümpfte meistens nur die Nase und meinte, Technik könnte die Magie der Hexen nur unvollkommen ersetzen.

Die Gäste besetzten sogar den ersten Stock. Als Elena in ihr Zimmer kam, fand sie dort zwei Hexen, die gerade interessiert in ihrem Bücherregal stöberten.

»Was macht ihr hier?«, fragte Elena entrüstet.

»Entschuldigung, wir haben das Badezimmer gesucht.« Die junge Hexe mit violetten Haaren lachte. Elena kannte sie flüchtig. Es war Lucinda, auf die Daphne so schrecklich eifersüchtig war, weil sie dachte, Gregor hätte etwas mit ihr angefangen. Elena wunderte sich, dass Daphne Lucinda eingeladen hatte. Aber vielleicht war sie ja auch so mitgekommen.

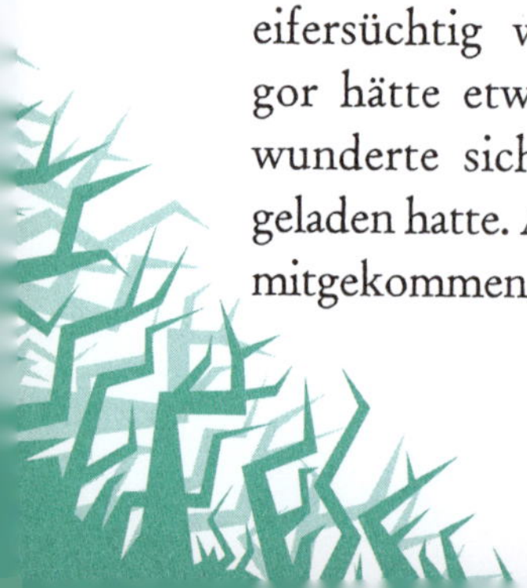

»Das Badezimmer ist woanders«, antwortete Elena. »Das hier ist zufällig mein Zimmer!«

»Jaja, wir sind ja schon weg«, sagte die andere Hexe. Sie war einen Kopf kleiner als Lucinda und wirkte auch älter als sie, vielleicht Mitte zwanzig. Betont langsam verließen die beiden das Zimmer. Elena schnitt eine Grimasse hinter ihrem Rücken. Als sie draußen waren, hörte sie, wie sie den Gang entlanggingen und probierten, welche Zimmertüren offen waren. Mona versah ihr Zimmer immer mit einem Verriegelungszauber, den Miranda aber längst knacken konnte, wie Elena wusste.

Elena stellte die Bücher in ihrem Regal wieder gerade hin. Sie hasste es, wenn Bücher schief standen oder schlampige Stapel bildeten. Als sie damit fertig war, ließ sie sich erschöpft auf ihr Bett fallen. Was für eine lästige Party! Sie hörte das Vibrieren der Musik durch den Fußboden und die Wände hindurch und wünschte sich weit weg. Sie dachte an ihren Vater …

Auf einmal spürte Elena, wie etwas an ihrer Brust warm wurde. Der *Transglobkom* meldete sich! Sicherlich Jolanda, die ihr sagen wollte, dass sie heil angekommen war. Elena griff in den Halsausschnitt ihres Glitzertops und holte den *Transglobkom* heraus. Sie klappte ihn auf. Gleich darauf erschien eine durchsichtige Kugel und schwebte ein Stück in die Höhe. Elena erkannte in der Kugel das Gesicht ihres Vaters.

»Hallo Papa«, rief sie freudig. »Schön, dass du dich meldest. Ist alles in Ordnung bei dir? Wann kommst du nach Hause?«

Leon Bredov machte ein besorgtes Gesicht. »Hallo Elena. Ich habe nicht viel Zeit. Kannst du deine Mutter rufen?

Ich erreiche sie leider nicht auf ihrem *Transglobkom*. Es ist dringend.«

Elena fühlte einen Schauder auf der Haut. »Mama ist leider nicht da. Sie ist mit ihrem Chef zu einem Seminar gefahren. Vielleicht hat sie ihren *Transglobkom* vergessen. Ich könnte versuchen, sie auf dem Handy …«

»Nein, lass«, unterbrach Leon seine Tochter. »Das hat keinen Sinn. Du musst Mona Bescheid geben. Ich brauche Hilfe! Hier läuft nämlich einiges schief! Ich hoffe, dass ich die Sache in Griff bekomme, aber ich brauche unbedingt Verstärkung. Meine Zauberkräfte reichen nicht aus. Mach schnell! Sag Mona, sie soll ins *Tal der Silbernen Seerosen* kommen, dort werde ich sie erwarten.«

Seine Stimme wurde immer leiser und klang zwischendrin verzerrt, sodass Elena Mühe hatte, seine Worte zu verstehen. Dann verschwand Leons Kopf, und die Kugel platzte. Elena klappte automatisch den *Transglobkom* zu. Sie war tief beunruhigt und ihr Herz raste.

Warum brauchte ihr Vater Hilfe? Was war geschehen?

»Ich muss Oma erreichen«, murmelte Elena vor sich hin. Sie konnte sich nicht vorstellen, dass Mona Leon *gerne* helfen würde. Aber Papa hatte sich sicher etwas dabei gedacht, wenn er nach Mona verlangte. Oma Mona besaß immerhin mächtige Zauberkräfte …

Papas Verzweiflung muss riesengroß sein, dachte Elena bang. Ihre Brust schnürte sich zusammen. Sie klappte den *Transglobkom* wieder auf und konzentrierte sich auf ihre Großmutter. Es dauerte ewig, bis im *Transglobkom* eine Blase erschien und in die Höhe schwebte. Aber im Innern war nicht Monas Gesicht zu sehen, sondern das eines fremden schnurrbärtigen Mannes.

»Ich bedauere es sehr, aber zum gegenwärtigen Zeitpunkt kann keine Verbindung zu deiner gewünschten Gesprächspartnerin hergestellt werden.« Er lächelte Elena an. »Deine gewünschte Gesprächspartnerin möchte im Moment nicht gestört werden. Ich könnte ihr eine Botschaft von dir ausrichten, wenn du es möchtest. Allerdings kann ich dir nicht sagen, wann ich diese Botschaft übermitteln kann.«

»Nein, danke«, murmelte Elena. Sie wollte diesem schnurrbärtigen Kerl nicht anvertrauen, dass Papa Hilfe brauchte.

»Dann auf Wiedersehen«, sagte der Mann höflich, bevor die Kugel platzte.

Elena klappte ihren *Transglobkom* zum zweiten Mal zu. Sie überlegte fieberhaft, was sie tun könnte. Warum hatte Mona ihren *Transglobkom* ausgeschaltet? War dieser Hexen-Workshop so wichtig für sie, dass sie es überhaupt nicht interessierte, wenn es zu Hause einen Notfall gab?

Notfall!

Ich könnte den *Gedankennotruf* verwenden, schoss es Elena durch den Kopf.

In ganz dringenden Fällen konnten sich Hexen untereinander auch ohne den *Transglobkom* verständigen. Die Botschaft wurde direkt in den Kopf der Empfängerin gesendet. Es war anstrengend, und Elena hatte den Gedankennotruf noch nie selbst aktiv ausprobiert. War jetzt der richtige Zeitpunkt für so etwas? Und würde der Gedankennotruf überhaupt über die Grenze hinweg funktionieren – von der Menschenwelt in die Hexenwelt?

Elena beschloss, lieber Miranda zu fragen. Sie stand von ihrem Bett auf und verließ ihr Zimmer. Auf dem Flur begegnete sie Gregor van Luren, der gerade aus dem Badezimmer kam und sie hinterhältig anlächelte. Elena überlegte, ob er vielleicht auch das Badezimmer magisch verändert hatte, aber jetzt war keine Zeit, sich darüber den Kopf zu zerbrechen. Papa war in Not und brauchte Hilfe, das war viel wichtiger. Sie klopfte an Mirandas Zimmertür, wartete auf das »Herein!« und trat ein.

»Was gibt's?«, fragte Miranda, die in einem Zauberbuch geblättert hatte und es etwas nervös ins Regal zurückschob.

Elena hatte genug gesehen. Miranda war offenbar wieder an Monas Büchern gewesen; der Band mit dem giftgrünen Einband gehörte ihr bestimmt nicht. Elena behagte die Sache nicht ganz, aber solange Mona nichts davon erfuhr ... Elena wusste, dass Miranda sehr ehrgeizig war, was die Zauberei betraf. Aber sie hatte ja ein Ziel, die Diplomatie, und das rechtfertigte ihren Enthusiasmus.

»Ich habe gerade mit meinem Vater geredet«, sagte Elena.

»Ist er wieder hier?«, wollte Miranda wissen.

Elena schüttelte den Kopf. »Er hat per *Transglobkom* mit mir gesprochen.« Sie sah Miranda gequält an. »Papa braucht Hilfe.« Sie berichtete kurz, was er gesagt hatte.

»Hm ... meinst du, Mona wird ihn wirklich unterstützen?«, zweifelte Miranda sofort. »Sie nützt doch jede Gelegenheit, um ihm eins reinzuwürgen.«

»Ich weiß nicht.« Elena zögerte. »Wenn es wirklich darauf ankommt ... Sie ist eine starke Hexe!«

»Aber manchmal auch ganz schön hinterhältig und gemein.«

Das konnte Elena nicht abstreiten. Sie erinnerte sich noch genau an die vielen hässlichen Bemerkungen, die Mona über ihren Vater gemacht hatte. Das Verhältnis zwischen Leon und Mona war nun einmal

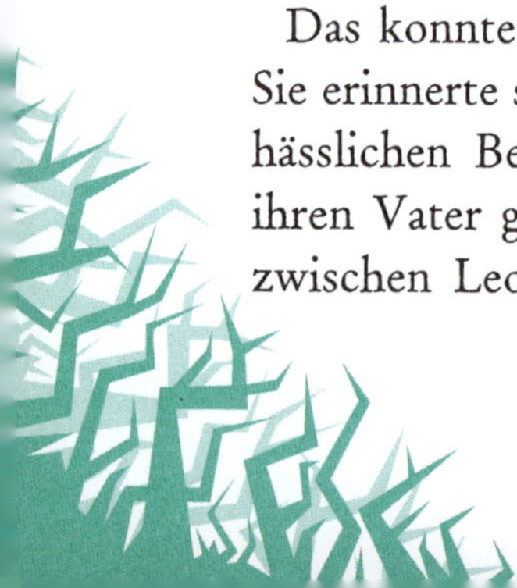

sehr gespannt, denn Mona hatte sich einen ganz anderen Schwiegersohn gewünscht. Sie hatte Leon immer für einen Versager und eine zwielichtige Person gehalten, und dass er sich überraschend als Geheimagent entpuppt hatte, hatte ihn vielleicht in Monas Achtung steigen lassen, aber nicht unbedingt in ihrer Sympathie.

Vielleicht hatte Miranda ja recht, und Mona würde Leon wirklich keine Hilfe sein. Elena war unschlüssig.

»Ausgerechnet jetzt ist meine Mutter nicht da. Wenn ich sie doch irgendwie erreichen könnte!« Sie ließ sich auf Mirandas Bett fallen. »Wen könnten wir sonst noch um Hilfe bitten?«

Sie überlegten gemeinsam, aber ihnen wollte einfach niemand einfallen.

»Aaron Abraxas Holzin vielleicht?«, schlug Elena dann vor.

»Zwecklos.« Miranda winkte ab. »Der kann doch selbst kaum hexen. Da könnten wir genauso gut Jana oder Nele fragen.«

»Hmmm.« Elena zermarterte sich den Kopf. Welche Möglichkeiten gab es noch? Sollten sie versuchen, mit dem Oberamtszaubermeister Kontakt aufzunehmen? Er war der oberste Beamte des Landeszauberamts. Aber Moment, wenn Papa im offiziellen Auftrag unterwegs war, hätte er sich ja selbst an die Behörte wenden können … Elenas Gedanken drehten sich allmählich im Kreis. Gerade als sie vorschlagen wollte, vielleicht doch Mona zu informieren, sagte Miranda:

»*Wir* sollten deinem Vater helfen!«

»Wir?«, fragte Elena verblüfft.

»Na klar«, sagte Miranda. »Schau mal, deine Oma ist bestimmt sauer, wenn sie seinetwegen den Workshop abbrechen muss – und du kannst dir ja vorstellen, wie sie hext, wenn sie schlechte Laune hat.«

»Aber wie könnten wir Papa denn helfen?«, fragte Elena dann. »Wir haben doch noch nicht einmal unser Hexendiplom!«

»Ob wir jetzt diese Prüfung abgelegt haben oder nicht ...« Miranda wirkte entschlossen. »Was sagt denn so ein Diplom schon wirklich aus? Und ich beschäftige mich ja schon einige Zeit mit *höherer Zauberei* ...«

»Jedenfalls viel länger als ich«, sagte Elena bedauernd und spürte wieder einmal einen kleinen Stich Neid. Nachdem die Familie Bredov wegen Leons angeblicher Verurteilung in der Hexenwelt in Ungnade gefallen war, war Elena vom Erlernen der *höheren Zauberei* ausgeschlossen gewesen. Das hatte sich erst im HEXIL geändert.

»Ja, und ich habe mich inzwischen ja auch ein bisschen über verbotene Zaubersprüche informiert.« Miranda wurde rot. »Nicht weil ich sie anwenden will, sondern einfach, weil ich wissen will, was es alles gibt. Du musst nicht gleich denken, dass ich eine *schwarze Hexe* werden will, Elena. Aber ich möchte mich gegen schwarzmagische Angriffe wehren können. Im Übrigen ist Mona ja auch keine *schwarze Hexe*, obwohl sie ja etliche ... hm ... illegale Bücher besitzt.«

Beruhigend legte Miranda ihre Hand auf Elenas Arm. »Jedenfalls denke ich, dass das, was ich gelernt habe, deinem Vater ziemlich viel nützen kann.«

Elena blickte Miranda an. Ob Miranda ihre Fähigkeiten nicht überschätzte? Das klang ja fast so, als ob sie glaubte, fast so gut zaubern zu können wie Mona. Elena hatte ihre Zweifel. Aber wer weiß? Miranda verbrachte sehr viel Zeit mit Zauberbüchern und lernte leicht, während Elena sich jeden Spruch mühsam aneignen musste. Miranda brauchte sich einen Vers nur ein oder zwei Mal durchzulesen, dann konnte sie ihn auswendig.

»Soll ich nicht doch einen Gedankennotruf an meine Oma schicken?«, fragte Elena unsicher.

»Das kannst du natürlich versuchen, aber ich bin überzeugt, dass Mona fuchsteufelswild wird, wenn du sie bei ihrem Workshop störst«, meinte Miranda. »Ich finde, es wäre besser, wenn wir keine Zeit verschwenden und sofort aufbrechen würden.«

Elena kämpfte mit sich. Sie sah die Abenteuerlust in Mirandas Augen funkeln und kam sich vor wie ein Feigling.

»Was meinst du? Was wird uns im *Tal der Silbernen Seerosen* erwarten? Glaubst du nicht, dass es furchtbar gefährlich ist? Ich weiß nicht …«

»Natürlich wird es gefährlich sein«, antwortete Miranda. »Sonst hätte dein Vater ja nicht um Hilfe gebeten. Willst du ihn etwa im Stich lassen, Elena?«

»Unsinn, was denkst du von mir!« Elena schluckte. »In Ordnung. Du hast recht. Wir können genauso versuchen, meinem Vater zu helfen.« Dann fiel ihr noch etwas ein. »Aber wie kommen wir in die Hexenwelt? Du weißt, dass man nicht so einfach wechseln kann. Man muss einen Antrag stellen, der muss genehmigt werden, und dann …«

»Ganz schön umständlich.« Miranda lächelte. »Klar, das ist der offizielle Weg. Aber hast du schon vergessen, was deine Oma vorhin in der Küche gemacht hat? Sie hat einen *Schleichweg* genommen. Solche Wege gibt's!«

Elena schluckte noch einmal. »Und … und wie macht man das? Ich meine, wie benutzt man so einen Schleichweg?«

»Ich habe zwar schon eine vage Ahnung, aber ich werde Gregor fragen«, sagte Miranda. »Sicherheitshalber.«

Manchmal muss man Umwege in Kauf nehmen, um sein magisches Ziel zu erreichen

Kein Problem«, sagte Gregor und fing an, in seiner Tasche herumzusuchen. »Man kann sich zwar auch ohne Portal in die Hexenwelt versetzen, aber das erfordert einen ziemlich komplizierten Zauber. Ich glaube nicht, dass ihr schon so weit seid.«

Elena hörte, wie Miranda nach Luft schnappte.

»Möglicherweise bleibt ein Fuß oder sogar der Kopf zurück.« Gregor grinste. »Es gibt eine viel einfachere Methode. Schaut. Ich habe hier noch einen ganzen Block mit … ähm … unerlaubten Fahrkarten.« Er zog einen Notizblock aus der Hosentasche, der graue, unansehnliche Blätter zeigte. Gregor riss zwei davon ab und reichte sie Miranda und Elena. »Illegale Portale. Das Einzige, was ihr tun müsst, ist durch das Blatt zu steigen.«

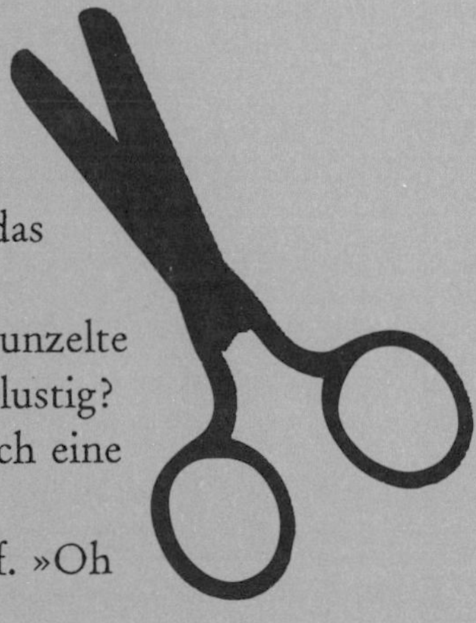

»Durch das Blatt steigen?« Elena runzelte die Stirn. Machte sich Gregor über sie lustig?

»Kennt ihr den Trick, wie man durch eine Postkarte steigt?«, fragte Gregor.

Jetzt hellte sich Mirandas Miene auf. »Oh ja, klar. Natürlich.«

»Mit den Fahrkarten geht es genauso.« Gregor zwinkerte ihnen zu, dann steckte er den Block wieder ein und schlenderte zu seinen Zaubererfreunden.

»Vielen Dank!«, rief Miranda ihm hinterher. »Ist echt nett, Daphnes Freund«, meinte sie dann in Elenas Richtung.

»Hast recht. Das hätte ich jetzt auch nicht unbedingt erwartet. Aber sag mal, was ist das für ein Trick?«, wollte sie wissen.

Wie man durch eine Postkarte steigt

Die Postkarte der Länge nach in der Mitte falten.

Dann die Postkarte abwechselnd an beiden Seiten einschneiden (nicht ganz durchschneiden, sondern oben und unten immer einen ca. 1 cm breiten Rand lassen und die ersten Schnitte rechts und links jeweils vom Falz aus einschneiden).

Dann die Postkarte am Falz durchschneiden, die beiden äußeren Kanten müssen aber stehen bleiben!

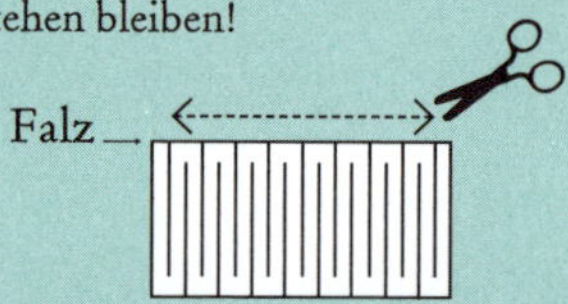

Wenn du jetzt die Postkarte auseinanderziehst, hast du einen Papierring, durch den du mühelos hindurchsteigen kannst.

»Ach, das habe ich mal im Hexenkindergarten gelernt«, erwiderte Miranda. »Du nicht?«

Elena schüttelte den Kopf.

»Es ist ganz einfach«, sagte Miranda. »Man braucht nur eine Schere.«

Sie erklärte Elena, wie man die Postkarte einschneiden musste. »Und dasselbe machen wir jetzt mit diesen illegalen Portalen.«

»Gregor hat den Block mit den Fahrkarten bestimmt aus der Zauberdruckerei gestohlen«, vermutete Elena.

»Möglich«, meinte Miranda. »Das traue ich ihm zu. Aber gut, dass er uns die Portale gegeben hat, das macht die Reise einfacher für uns.«

Sie gingen in Elenas Zimmer. Während Miranda die Portale faltete und einschnitt, damit man hindurchsteigen konnte, sah sich Elena um und überlegte fieberhaft, ob sie etwas mitnehmen sollten.

»Brauchen wir Klamotten zum Wechseln? Zahnbürste?«

»Überflüssig.« Miranda schüttelte den Kopf. »Was wir höchstens brauchen könnten, wären ein paar magische Hilfsmittel zur Abwehr von Flüchen und bösem Zauber. Ich bin sicher, deine Oma besitzt davon jede Menge, aber ich weiß nicht, ob wir so einfach ihre Vorräte plündern dürfen. Außerdem haben wir keine Ahnung, welche Gefahren uns erwarten. Was nützt es uns, wenn wir uns gegen ein Krokodil schützen können, aber nicht gegen einen giftigen Skorpion? Es gibt tausend Möglichkeiten, Elena! Wir müssen uns einfach auf deinen Vater verlassen, der wird schon wissen, was zu tun ist.«

»Hm ...« Elena zögerte. »Ich zieh mir aber trotzdem schnell was anderes an.« Sie streifte ihr Glitzertop über den

Kopf und tauschte es gegen ein T-Shirt. Dann schlüpfte sie noch in eine warme Jacke, denn die Nächte waren jetzt schon kühl. Das *Tal der Silbernen Seerosen* lag im Norden der Hexenwelt, wenn sie sich recht erinnerte.

Miranda war fertig. Sie reichte Elena ein aufgeschnittenes Portal.

»Los geht's! Streif es dir über den Kopf. Und denk einfach ganz fest an das *Tal der Silbernen Seerosen*. Und natürlich an deinen Vater. Keine Angst, Elena! Es wird klappen!«

Und wenn nicht?, dachte Elena, während sie sich das Portal über ihren Kopf zog. Dann fiel ihr auch noch ein, dass sie vergessen hatten, Nele und Jana Bescheid zu geben! Zu spät!

Es wurde bereits dunkel, sie waren auf dem Weg.

Illegale Wege von der Hexenwelt in die Menschenwelt und umgekehrt

Normalerweise muss jeder Weltenwechsel beim Landeszauberamt beantragt und genehmigt werden. Das kann ziemlich viel Zeit kosten, denn jeder Antrag muss von der Behörde genau geprüft werden. Die offizielle Reise per Portal wird dann von speziellen Zauberern des Transglobal-Dienstes überwacht, damit keine unerlaubten Güter geschmuggelt und die Quarantäne-Vorschriften eingehalten werden.

Ebenso wird der offizielle Postdienst zwischen den Welten kontrolliert und überwacht. Verdächtige Sendungen können geöffnet und der Absender/Empfänger gegebenenfalls bestraft werden, wenn es sich um verbotene Zaubermittel oder andere Schmuggelware handelt.

Findige Zauberer und Hexen haben jedoch längst Mittel und Wege gefunden, die lästigen Vorschriften zu umgehen. Es gibt Zaubersprüche, die stark genug sind, dass der Reisende die Grenze ohne Portal überwinden kann. Solche Reisen sind allerdings riskant, denn möglicherweise wird der Reisende nicht komplett in die andere Welt gezaubert. Deswegen sei vor solchen Reisen ausdrücklich gewarnt! Nur sehr geübte Hexen und Zauberer sollten sie durchführen.

Ungefährlicher sind illegale Portale. Sie sind zwar vom Landeszauberamt ausdrücklich verboten, aber man kann sie sich relativ leicht auf dem Schwarzmarkt besorgen. Es handelt sich um eine Art Schleuse, die den Reisenden sicher in die andere Welt bringt, ohne dass dieser riskiert, unterwegs sein Gepäck, einen Arm oder schlimmstenfalls sogar den Kopf zu verlieren. Solche Portale gibt es in verschiedenen Ausführungen, beispielsweise in Schachtelform oder als Kriechtunnel. Neu auf den illegalen Markt gekommen sind Portal-Fahrkarten, sehr handlich und praktisch. Die Oberfläche ist mit einer speziellen Zauberbeschichtung versehen. Vor der Reise muss man die Fahrkarte nach einem bestimmten System zerschneiden, damit man hindurchsteigen kann.

Aber Vorsicht! Es gibt inzwischen auch eine Menge gefälschter Fahrkarten, die nur so aussehen wie echte Portal-Fahrkarten. Wenn man eine Spaß-Fahrkarte erwischt, landet man nicht in der gewünschten Welt, sondern beispielsweise im Zoo bei den Berggorillas oder auf einer Hühnerfarm. Es gibt auch fiese Fahrkarten, die einen in finstere Verliese oder auf einen einsamen, schneebedeckten Berggipfel transportieren. So etwas kann für den Reisenden unter Umständen le-

bensgefährlich werden. Deswegen sollte man illegale Portale nur aus zuverlässigen Quellen erwerben. Demnächst soll ein Testgerät auf den Markt gebracht werden, mit dem man echte Fahrkarten und Spaß-Fahrkarten voneinander unterscheiden kann.

Elena hatte das Gefühl, durch den Weltraum zu fliegen – durch ein tiefes schwarzes Loch, dessen Dunkelheit so intensiv war, dass sie jedes Licht verschluckte. Eine unglaubliche Kraft zog Elena zum anderen Ende. Falls es überhaupt ein anderes Ende gab …

»*Tal der Silbernen Seerosen*«, murmelte Elena vor sich hin und versuchte sich vorzustellen, wie ihr Vater aussah. Seine hochgewachsene Gestalt, seine schwarzen Haare, sein hageres Gesicht, seine entschlossene Miene.

Das Bild in ihrem Kopf wurde ganz deutlich. Da war Leon Bredov, wie Elena ihn zuletzt gesehen hatte. Er trug den schwarzen Umhang mit der silbernen Bordüre und lächelte sie an. Elena empfand große Sehnsucht. Sie streckte die Hände nach ihrem Vater aus. Er nahm sie und zog sie ein Stück an sich heran. Dann ließ er sie plötzlich los. Elena fiel …

… fiel …

… und landete auf Miranda, die ebenfalls auf der Erde saß und gerade aufstehen wollte.

»Autsch, verflixt noch mal!«

Elena spürte einen heftigen Schmerz an ihren Knien. Sie fühlte den steinigen Untergrund. Mit dem Kopf war sie weich auf Mirandas Bauch gefallen.

»Au!«, stöhnte Miranda. »Direkt auf meinen Magen!«

»Tut mir leid.«

Die beiden Mädchen standen auf und kontrollierten ihre Kleidung. Mirandas Jeans war an den Beinen etwas schmutzig geworden. Bei Elena waren die Ärmel ihrer Jacke durch den starken Aufprall aufgerissen.

Die Hexen reparierten den Schaden an ihrer Kleidung rasch mit einem Zauberspruch.

»Besonders gemütlich ist es hier nicht gerade«, meinte Miranda, während sie sich umschaute.

Sie hatte recht. Als Elena den Kopf drehte, sah sie den dichten Nebel um sich herum. Es war eine karge Landschaft, der Boden war lehmig und mit Steinen übersät und hinter Miranda stand ein einzelner kahler Baum. Auf der Spitze saß ein großer schwarzer Rabe mit glänzendem Gefieder.

»Papa?«, fragte Elena hoffnungsvoll, während sie unverwandt auf den Raben starrte. »Bist du das?«

Der Rabe krächzte und flatterte los. Elena spürte einen Luftzug. Vor ihr formte sich eine Gestalt mit großen schwarzen Flügeln, die dann zu einem dunklen Umhang wurden.

»Papa!«, rief Elena freudig. Sie fiel ihm um den Hals und hätte ihn am liebsten nie wieder losgelassen. Sie war so stolz auf ihn, denn er war so stark!

Sie konnte sich gar nicht mehr vorstellen, dass er mehrere Monate lang ein Grüner Leguan gewesen war. Wie sehr hatte sie ihn vermisst!

»Meine liebe Elena!«, flüsterte Leon und drückte seine Tochter an sich. Dann ließ er sie los und sah sich suchend um.

»Wo bleibt denn Mona?«

»Äh … sie … sie wird nicht kommen«, entgegnete Miranda. »Hallo, Herr Bredov! Elena konnte Mona nicht mit dem

Transglobkom erreichen, und da dachten wir, wir könnten vielleicht auch …« Sie stockte und wurde rot.

Leon runzelte die Stirn. »Hallo, Miranda. – Soll das heißen, dass ihr mir helfen wollt?«

Mirandas Röte vertiefte sich. »Na ja, vielleicht überschätze ich die Sache auch, Herr Bredov, aber ich habe in den letzten Monaten wirklich viel dazugelernt, was die *höhere Zauberei* angeht. Ich behaupte nicht, dass ich perfekt bin, aber ich beherrsche inzwischen einige sehr schwierige Zaubersprüche – auch wenn ich, genau wie Elena, noch nicht mein Hexendiplom besitze.«

»Ja, ich weiß.« Ein unmerkliches Schmunzeln huschte über Leons Gesicht. »Ich erinnere mich noch genau daran, wie du aus mir einen Schwarzen Leguan gemacht hast.«

»Das tut mir leid.« Miranda sah schuldbewusst drein. Elena und sie hatten einen riesigen Schrecken bekommen, als Miranda mithilfe des magischen Amuletts versucht hatte, Leon Bredov von seinem Dasein als Grüner Leguan zu befreien und ihm seine wahre Gestalt zurückzugeben.

»Das hier ist kein Kinderspiel«, sagte Leon ernst. »Unter Umständen geht es um Leben und Tod. Es ist sehr gefährlich, und deswegen habe ich um die Hilfe einer *erfahrenen* Hexe wie Mona gebeten und nicht um die Begleitung zweier Hexenmädchen ohne Hexendiplom, auf die ich selber noch aufpassen muss!«

Miranda schaute auf ihre Fußspitzen. »Dann … dann schicken Sie uns also in die Menschenwelt zurück?«, fragte sie kleinlaut.

»Das wäre das Vernünftigste«, sagte Leon. »Ich darf euch nicht in Gefahr bringen. Das würde ich mir nie verzeihen. Lieber bleibe ich ohne Hilfe.«

Elena schluckte vor Enttäuschung. Ihr Vater wollte nicht, dass sie ihm halfen. Er traute ihnen nichts zu. Aber vielleicht war die ganze Sache tatsächlich eine Nummer zu groß für sie. Das hatte sie ja von Anfang an gefühlt.

»Wir wollen hierbleiben!«, bettelte Miranda. »Schicken Sie uns nicht zurück, bitte! Wir passen auf uns auf, Ehrenwort! Sie müssen uns nicht beschützen. Ich beherrsche fünf verschiedene Arten von Abwehrzauber und kann uns auf der Stelle verschwinden lassen. Vorgestern hat auch zum ersten Mal ein Tarnzauber geklappt. Ich habe vor dem Supermarkt einen kompletten Lieferwagen unsichtbar gemacht. Sogar mit Anhänger!«

Elena war überrascht. Davon wusste sie gar nichts!

»Keine Sorge, kein Mensch hat etwas bemerkt«, fügte Miranda schnell hinzu. »Bitte, Herr Bredov, ich kann wirklich gut zaubern. Aber in der Menschenwelt kann ich es nicht ausprobieren ...«

Leon zögerte. »Na gut«, sagte er dann und seufzte. Elena merkte, dass ihm die Entscheidung schwerfiel. »Vielleicht könnt ihr mir ja tatsächlich helfen. Ich brauche eigentlich schon jemanden, sonst müsste ich meinen ganzen Plan ändern. Außerdem drängt die Zeit ...« Er räusperte sich. »Seid ihr bereit?«, fragte er dann. »Wir müssen ein Stück fliegen, zu Fuß ist es nämlich zu weit.«

»Mit dem Besen?«, wollte Miranda wissen.

»Nein, wir verwandeln uns.« Leon Bredov blickte fragend zu Elena. »Kannst du inzwischen *Metamorphose*?«

Elena nickte. Inzwischen schaffte sie es einigermaßen, sich in ein Tier zu verwandeln. Nur bei Stress konnte es passieren, dass sie beispielsweise als weiße Taube ein paar schwarze Federn hatte oder ihre Zehen mit Schwimmhäuten verbunden waren. Auch wurde ihr manchmal schwindelig, wenn sie als Vogel in zu großer Höhe flog.

»Und in welches Tier sollen wir uns verwandeln?«, erkundigte sich Miranda.

»Ich werde wieder ein Rabe«, antwortete Leon. »Und ihr nehmt am besten die Gestalt von Eulen an.«

Eulen!

Hoffentlich schaffe ich das, dachte Elena. Sie war noch nie eine Eule gewesen.

Leon Bredov bewegte die Arme – und schon saß ein großer Rabe vor den Mädchen auf dem Boden. Sein Gefieder schimmerte metallisch blau-schwarz. Mit einem Krächzen flog er auf den kahlen Baum.

»Los«, sagte Miranda zu Elena. »Jetzt sind wir dran!«

Elena konzentrierte sich. Bei der *Metamorphose* kam es darauf an, sich ganz auf das betreffende Tier, das man sein wollte, einzustimmen. Was wusste sie über Eulen? Sie dachte an den entsprechenden Abschnitt in ihrem Zauberbuch.

Eulen sind geheimnisvolle Nachtvögel. Ihr Gehör ist hervorragend. Sie können völlig lautlos fliegen aufgrund der besonderen Struktur ihrer Federn. Eulen besitzen auch die Fähigkeit, im Dunkeln zu sehen. Sie können ihren Kopf um 270 Grad drehen, weil sie vierzehn Halswirbel haben …

Neben Elena ertönte ein kleiner Knall. Miranda hatte sich in eine Schleiereule verwandelt. Das mit dem Knall war zwar nicht ganz vorschriftsmäßig, aber immerhin hatte sie die Verwandlung geschafft. Die Schleiereule stieß sich vom Boden ab und flog zu dem kahlen Baum, wo sie sich neben den Raben auf den Ast setzte. Die beiden Vögel sahen Elena erwartungsvoll an.

Elena holte tief Luft. Sie merkte, wie sie vor Nervosität zu schwitzen anfing.

»*Homo sapiens magus sum. Ero strix.*«

Sie breitete die Arme aus.

Sofort hatte sie das Gefühl, als würden ihre Knochen zusammengedrückt. Sie schrumpfte in Windeseile. An ihren Fingern saßen Federn. Sie konnte auf einmal sehr gut sehen und hörte sogar die Holzwürmer, die sich durch den kahlen Baum nagten. Als sie probeweise den Kopf bewegte, konnte sie ihn fast einmal herumdrehen.

Es hatte geklappt!

Sie flog auf und landete vorsichtig neben Miranda auf dem Baum. Es war etwas schwierig, auf dem Ast das Gleichgewicht zu halten und nicht nach vorne zu kippen.

»Sehr gut, Elena«, vernahm Elena die Stimme ihres Vaters in ihrem Kopf. »Du bist ein hübscher Waldkauz geworden. Ich fliege jetzt voraus und ihr beiden folgt mir. Aber lasst genügend Abstand, damit niemand merkt, dass wir zusammengehören.«

Der Rabe schwang sich in die Luft und flatterte in Richtung Norden. Bevor der Nebel ihn verschluckte, flogen auch Miranda und Elena los.

»Kuwitt!«

Das *Tal der Silbernen Seerosen* lag unter ihnen. Dunkel schimmerte die Wasseroberfläche, und Elena fragte sich, ob es auf dem unheimlichen See tatsächlich Silberne Seerosen gab. Sie war froh, dass ihr Vater nicht darauf bestanden hatte, ein Wasservogel oder ein Fisch zu werden. Der See war ihr nicht geheuer. Das Wasser war trüb und roch nach Moder.

An den Rändern wuchsen dürre Schilfhalme, die im Wind raschelten. Nichts wies darauf hin, dass es in dieser Gegend irgendeine Art von Leben gab. Alles wirkte wie ausgestorben – eine vergiftete oder verzauberte Landschaft. Trostlos.

Die beiden Eulen flogen lautlos dahin. Der See war unendlich lang, und Elena überlegte, was passieren würde, wenn der Zauber plötzlich nachließ und sie abstürzen würden. Sie spürte, wie ihr Flug unsicherer wurde. Nein, an solche Dinge *durfte* sie einfach nicht denken …

Plötzlich war Miranda direkt neben ihr.

Schau! Dort drüben auf dem Felsen!

Was meinst du?, fragte Elena in Gedanken zurück.

Die Wölfe, antwortete Miranda. *Das sind garantiert keine echten Wölfe! Schirme deine Gedanken ab, Elena. Sie dürfen uns nicht erkennen!*

Schutz vor unerlaubter Gedankenschnüffelei! Elena versuchte, einen entsprechenden Schutzschild aufzubauen. Sie war froh, dass Miranda dies einige Male mit ihr geübt hatte. Elena stellte sich vor, eine Mauer um ihren Kopf herum zu errichten – lauter dicke Ziegelsteine, die sich auftürmten, höher und höher. Jetzt konnte sie auch Mirandas Gedankenstimme nicht mehr hören. Seite an Seite flogen die beiden Eulen über das Wolfsrudel hinweg, das sich auf einem Felsen versammelt hatte. Elena spürte, wie die Blicke aus gelben Augen ihnen folgten. Miranda hatte recht, das waren keine gewöhnlichen Tiere. Die Wölfe waren ungewöhnlich groß und hatten ein sehr dunkles Fell. Es waren entweder Werwölfe oder schwarze Magier, die sich verwandelt hatten …

Puh, hast du das gehört?, fragte Miranda, als sie einige Kilometer weiter geflogen waren und die Wölfe hinter sich gelassen hatten. Sie hörte sich aufgeregt an.

Elena hatte die Schutzmauer in ihrem Kopf schon wieder aufgelöst.

Nein, was denn?, fragte sie zurück. *Ich konnte doch nichts hören, weil ich meine Gedanken geschützt habe!*

Oh Elena!, kam es von Miranda. *Du wirst es nie lernen! Du sollst deine Gedanken schützen, aber nicht völlig taub werden! Das ist ein Unterschied. Du sollst nur verhindern, dass dich fremde Ohren aushorchen …*

Elena ärgerte sich. *Ich muss eben noch üben*, gab sie etwas pampig zurück. *Also – was war mit den Wölfen?*

Ich glaube, sie haben uns erkannt, meinte Miranda. *Als wir direkt über ihnen waren, hat der Anführer hochgesehen und ICH RIECHE HEXENFLEISCH gerufen! Hast du vergessen, deinen Geruch zu ändern?*

Elena hatte tatsächlich keinen einzigen Gedanken darauf verschwendet, dass Eulen einen anderen Geruch hatten. *Und wonach riechen Eulen?*, fragte sie.

Nach Wildvogel und toten Mäusen, antwortete Miranda.

Igitt, dachte Elena bei sich. Da wird mir ja beim Fliegen schlecht!

Doch Miranda hatte ihren Gedanken gehört, weil sie sich nicht abgeschirmt hatte. *Gerüche gehören nun mal zur Metamorphose. Erst dann ist die Verwandlung perfekt.*

Wenn du es ein paar Mal geübt hast, dann findest du gar nichts mehr dabei. Das wird schon, Elena.

Hoffentlich, antwortete Elena.

Metamorphose ist eben keine einfache Zauberei, tröstete Miranda Elena. *Aber schau – dort vorne sitzt dein Vater! In der alten Ulme. Wir landen auf der anderen Seite des Baums, einverstanden?*

Ja, ist in Ordnung, antwortete Elena knapp.

»Lagebesprechung«, krächzte Leon Bredov, als die beiden Eulen in der Ulme gelandet waren. Er turnte über die Zweige, um näher bei ihnen zu sein. »Hinter den Felsen liegt das *Dornenbaumtal*. Ich habe erfahren, dass sich die *Schwarzen Zauberkutten* dort versammeln. Wir müssen uns unter sie mischen und so tun, als würden wir zu ihnen gehören.«

Elena bekam eine Gänsehaut. Das hörte sich ziemlich gefährlich an. Bei den *Schwarzen Zauberkutten* handelte es sich um eine Geheimgesellschaft, die schon seit mehr als einem Jahrhundert streng verboten war. Ihre Mitglieder betrieben schwarze Magie und vollzogen unerlaubte Zauberrituale. Es hieß, dass sie versuchten, Tote ins Leben zurückzurufen. Ihr Ziel war es, den Tod überhaupt zu überwinden, um selber unsterblich zu werden. Die *Schwarzen Zauberkutten* verehrten Mafaldus Horus, der der größte Schwarzmagier aller Zeiten gewesen war.

»Die *Zauberkutten* wollen Mafaldus Horus beschwören, um von ihm weitere Anweisungen zu bekommen«, erklärte Leon. »Ich muss herausfinden, ob es Mafaldus schon gelungen ist, ein Stück Leben zurückzugewinnen, und wenn ja, dann will ich wissen, wo er sich versteckt hält.«

»Ist er sehr gefährlich?«, fragte Miranda.

»Enorm gefährlich!«, antwortete Leon. »Es muss um jeden Preis verhindert werden, dass die *Schwarzen Zauberkutten* ihr Ziel erreichen. Mafaldus Horus darf nicht das Totenreich verlassen und ins Leben zurückkehren. Die Folgen wären furchtbar. Er würde die ganze Hexenwelt an sich reißen und alles wäre voller schwarzer Magie …«

»Bist du der Einzige, der gegen die *Schwarzen Zauberkutten* kämpft?«, wollte Elena wissen. »Nein, natürlich gibt es noch andere Leute«, sagte Leon. »Aber es ist schwer, an die *Zauberkutten* heranzukommen. Sie sind sehr vorsichtig – ein Geheimbund eben. Die Mitglieder verhalten sich wie ganz normale Zauberer und führen ein heimliches Doppelleben, genau wie ihr es von mir gedacht habt …«

»So etwas habe ich nie gedacht«, protestierte Elena sofort. »Und Mama auch nicht. Sie hat immer an deine Unschuld geglaubt.«

»Aber die anderen haben mich schon der schwarzen Magie verdächtigt«, behauptete Leon. »Vor allem Mona.« Sein Lachen klang wie ein heiseres Rabenkrächzen. »Vielleicht ist es doch gut, dass ihr anstatt Mona gekommen seid. Ich bin mir nicht ganz sicher, ob sie mit mir gemeinsam für einen guten Zweck kämpfen würde. Wahrscheinlich hätte sie jede Gelegenheit genutzt, um mir zu schaden«, sinnierte er.

»Wie sieht jetzt unser Plan aus?«, wollte Miranda wissen.

»Wir mischen uns inkognito unter die *Zauberkutten*, um herauszufinden, was mit Mafaldus Horus los ist«, erwiderte Leon. »Sobald wir das *Dornenbaumtal* erreichen, suchen wir uns einen ungestörten Platz und tarnen uns als *Schwarze Zauberkutten*. Dann nehmen wir an der geheimen Versammlung teil und halten Augen und Ohren offen.«

Der Schein kann auch die Augen eines Zauberers trügen

Sie flogen über bewaldete Bergkuppen, der untergehenden Sonne entgegen. Die Tannen sahen aus wie ein dunkelgrünes Polster. Ab und zu erblickte Elena unter sich Wölfe, die zwischen den Bäumen ihre Bahnen zogen. Offenbar wollten sie auch zum *Dornenbaumtal.*

Schwarze Zauberkutten, dachte Elena und fühlte sich unbehaglich. Allmählich wurde sie müde, das lange Fliegen war sie nicht gewohnt. Ob sie Jana und Nele je wiedersehen würde? Sie musste daran denken, dass Jana morgen im Gemeindehaus vorspielen musste. Was für eine leichte Prüfung im Gegensatz zu dem, was demnächst Elena, Miranda und Leon bevorstand. Allein der Name Mafaldus Horus jagte Elena einen Schauder über den Rücken. Und ihr Vater besaß das Amulett des Magiers …

»Seht ihr die Schneise?«, krächzte Leon neben ihr. »Lasst uns dort landen!«

Er flog voraus, näherte sich dem Boden und landete auf einem umgestürzten Baum.

Dann bewegte er die Flügel und hatte seine normale Gestalt wieder. Lächelnd streckte er den Arm aus, und Elena wurde davon magisch angezogen wie von einem Magneten. Sie ahnte, dass es ein Trick war und dass ihr Vater testen wollte, ob sie sich gegen die Anziehungskraft wehren konnte, aber sie war einfach zu müde. Erschöpft plumpste sie auf Leons Ärmel, während Miranda ein Stück weiter auf einem Baumstumpf landete. Gleich darauf verwandelte sich die Schleiereule wieder in Miranda.

Leon streichelte Elenas Gefieder. »Du musst noch einiges lernen, meine Tochter.«

Elena flatterte von seinem Arm und landete im Gras.

Zurückverwandeln, dachte sie. Sie versuchte sich zu konzentrieren, aber in ihrem Gehirn herrschte Leere und ihr war auch ein wenig schwindelig.

»Strix sum, ero homo sapiens magus!«

Die *Metamorphose* ging quälend langsam vor sich. Nachdem sich Kopf und Oberkörper schon wieder zurückverwandelt hatten, hatten Elenas Arme noch immer braune Federn. Auch ihre Beine waren gefiedert und die Zehen besaßen Krallen.

Elena ärgerte sich über sich selbst. »Ich bin einfach hundemüde, verdammt!«, stieß sie hervor. Sie nahm all ihre Kräfte zusammen und wiederholte den Zauberspruch. Endlich hatte sie ihre normale Gestalt wieder.

»Also, mein Plan ist folgender«, begann Leon. »Ihr seid zwei Schwestern, die ihren alten gebrechlichen Großvater zur Versammlung der *Zauberkutten* begleiten. Miranda, du behauptest, dass du den Tarnzauber beherrscht. Traust du dir zu, das Amulett an dich zu nehmen und zu verstecken? Hast du genügend Zauberkraft, seine Magie zu tarnen?«

»*Das* Amulett?« Miranda wurde blass und warf Elena einen ängstlichen Blick zu. »Äh … ich weiß nicht … ich denke schon …«

»Die *Zauberkutten* dürfen keine Witterung davon bekommen«, sagte Leon. »Bei einem jungen Mädchen werden sie kaum einen so starken magischen Gegenstand vermuten. Eher bei einem alten Mann. Du bist unverdächtig.«

Miranda schluckte. »Ich werde mein Bestes geben, Herr Bredov.«

»Das denke ich, Miranda«, sagte Leon ernst. »Das Ganze ist nämlich kein Spiel oder nur ein sportlicher Wettkampf, sondern es geht um sehr viel. Es kann fatale Folgen haben, wenn unsere Tarnung auffliegt.«

Miranda nickte.

Leon langte in den Ausschnitt seines Umhangs und zog das Amulett hervor. Es sah aus wie ein großes Auge. Der geheimnisvolle rote Stein in der Mitte funkelte. Elena war wieder wie gebannt. Selbst aus der Entfernung spürte sie die große magische Kraft, die in dem Amulett steckte.

Miranda streckte die Hände danach aus. Elena sah, wie ihre Finger zitterten.

»Ich vertraue dir«, sagte Leon. »Du musst es schaffen, Miranda, du musst einfach!«

Als Miranda das Amulett berührte, gab es einen hellen Blitz. Miranda erschrak so sehr, dass sie beinahe das Amulett fallen ließ. Im letzten Moment hielt sie es an der Kette fest.

»Es hat dich erkannt«, sagte Leon leise.

Das Amulett aus dem Besitz Mafaldus Horus'

Dieses Amulett steckt voller rätselhafter Magie. Die Kraft altägyptischer Götter wurde vermischt mit moderner Zauberei, dadurch ist eine neue Form der Magie entstanden, die noch wenig erforscht ist. Im Innern des funkelnden roten Steins scheint sich jedenfalls eine Art Lebewesen zu befinden, möglicherweise ein lebendiger Geist oder ein Stück von Mafaldus Horus selbst. Dieses lebendige Etwas scheint fähig zu sein, sich Dinge zu merken. Vielleicht besitzt es sogar eine gewisse Intelligenz.

Zwischen dem Träger eines Amuletts und dem Amulett selbst besteht immer eine geheimnisvolle Verbindung; bei diesem Amulett erst recht. Mafaldus Horus' Amulett sollte nur von demjenigen getragen werden, der fähig ist, die unbekannte Kraft im Innern zu beherrschen und zu zähmen – sonst droht möglicherweise eine tödliche Gefahr!

Miranda strich vorsichtig über den funkelnden Stein. »Es fühlt sich so … lebendig an«, murmelte sie.

»Magie ist immer lebendig«, erwiderte Leon. »Sie ist gebündelte Energie. Aber dieses Amulett trägt in sich die stärkste Energie, die es gibt – die Energie des Lebens.«

Miranda legte behutsam die Kette um ihren Hals und versteckte das Amulett in ihrem Ausschnitt. Das Leuchten des Steins sah man durch das Kleid hindurch. Miranda legte ihre

Hand auf die Stelle, aber das Rot schimmerte selbst durch ihre Hand hindurch. Miranda machte ein ratloses Gesicht.

»Das Amulett zieht Kraft aus dir«, stellte Leon fest. »Es scheint in dir etwas Verwandtes zu entdecken.«

Miranda warf Elena einen Blick zu. Elena sah die Angst in ihren Augen. Einen Moment lang befürchtete sie, dass Miranda erzählen würde, was sie neulich nachts auf dem Balkon getan hatten.

Doch Miranda sagte nichts. Sie legte auch die zweite Hand auf den leuchtenden Punkt und konzentrierte sich. Ihre Lippen bewegten sich stumm. Als sie die Hände wegzog, war der rote Schein verschwunden.

»Du bist tatsächlich … sehr begabt«, sagte Leon anerkennend. »Ein wunderbarer Tarnzauber! Aus dir wird einmal eine mächtige Hexe werden.«

Elena erwartete wieder einen Stich Neid, aber diesmal blieb er aus. Das war auch gut so. Jetzt war keine Zeit für Gefühle. Mirandas Zauberkräfte waren nötig, um das Amulett vor den *Schwarzen Zauberkutten* zu schützen …

»Wir werden nun unser Aussehen verändern«, sagte Leon. Er bewegte die Arme und drehte sich einmal um sich selbst. Als er die Mädchen ansah, erkannte Elena ihren Vater nicht wieder.

Vor ihr stand ein Greis mit schlohweißer Mähne und einem langen grauen Bart, der ihm bis zur Brust reichte. Sein Umhang mit Kapuze war tiefschwarz. Leon sah aus wie ein achtzigjähriger Mann, seine Haut war welk und faltig, die Augenbrauen buschig und die Lider hingen schwer herab. Aber darunter funkelten lebhafte Augen.

»Und nun zu euch.« Er hob die Hand. Ein blauer Blitz schoss aus seinem Zeigefinger. Elena fühlte, wie die magische Energie in ihre Brust eindrang. Plötzlich trug sie ein purpurrotes Kleid, darüber einen schwarzen Umhang. Ihre roten Locken veränderten sich, sie hatte auf einmal schwarze Haare, die ihr in zwei dicken Zöpfen über die Schulter fielen.

Miranda kicherte leise. »Steht dir wirklich gut, Elena. So müsste dich Kevin sehen, da würde er sich gleich noch mehr in dich verknallen.«

Elena wurde rot und hoffte, dass ihr Vater nicht nachfragen würde, wer Kevin war. Leons Zeigefinger richtete sich auf Miranda. Wieder erschien ein blauer Blitz, und diesmal veränderte sich Miranda. Ihr Haar blieb hellblond, aber genau wie bei Elena war es in zwei Zöpfe geflochten. Sie trug auch das gleiche Kleid, aber in Dunkelblau, darüber einen schwarzen Kapuzenumhang. Elena fand, dass man Miranda durchaus wiedererkennen konnte, nur ihr Haar war länger und wirkte voller.

»Ihr beide seht fantastisch aus – wie zwei Schwestern«, sagte Leon zufrieden. »Meine Enkelinnen, die ihren Großvater zur Versammlung der *Zauberkutten* begleiten.« Seine Stimme hatte sich verändert, sie klang alt und brüchig. Er bewegte sein Handgelenk und hielt einen knorrigen Wanderstab in der Hand. Eine zweite Bewegung mit dem anderen Arm, und ein grauer Sack hing über seiner Schulter.

»Unser Reiseproviant«, erklärte Leon. »Kommt, lasst uns gehen. Wenn ich mich nicht irre, dann gibt es hier in der Nähe eine Wanderhütte, wo wir übernachten können. Wir sollten die Hütte besser erreichen, bevor es ganz dunkel ist. Man kann nie wissen, welche Wesen sich in der Dunkelheit herumtreiben.«

Der Weg führte über Stock und Stein. Elena war froh, dass ihr Vater ihr feste Wanderschuhe gehext hatte, aber das Leder war hart und drückte. Sie spürte, wie sich an ihren Fersen Blasen bildeten. Sicher hätte Miranda einen Heilzauber gewusst, aber sie mochte sie jetzt nicht fragen. Miranda und Leon gingen voraus, und Miranda erklärte Elenas Vater, was sie tun wollte, um die magische Kraft des Amuletts vor den anderen zu verbergen. Elena vernahm Stichworte wie »Antimagischer Schutzschild« und »Zauberisch negative Aufladung«. Das war schon sehr weit fortgeschrittene *höhere Zauberei*, von der Elena nicht viel verstand. Sie kam sich ausgeschlossen vor.

»Sobald wir die Hütte erreicht haben, werden wir unsere magischen Kräfte bündeln, damit der Schutz für das Amulett stark genug ist«, sagte Leon.

Elena hoffte insgeheim, dass sie nicht wieder einen Handstand machen musste.

Es wurde immer finsterer. Immer wieder mussten sie über Baumstämme steigen, die quer über dem Weg lagen. Die Tannenbäume warfen lange Schatten, und die drei Wanderer hätten sich in völliger Dunkelheit bewegt, wenn Miranda nicht eine Leuchtkugel gezaubert hätte, die einen milden Lichtschein verbreitete.

Elena fragte sich, wie lange sie wohl noch marschieren mussten. Sie war todmüde und stolperte immer öfter. Ihre Beine waren schwer wie Blei. Sie sehnte sich nach ihrem Zuhause, nach ihrem weichen Bett.

Endlich erblickten sie in der Ferne ein Licht. Die Wanderhütte! Als sie näher kamen, sahen sie, dass schon andere Zauberer bei der Hütte angekommen waren. Sie saßen rund um ein Lagerfeuer und rösteten Brotstücke. Das Holz prasselte und ab und zu flogen Funken in die Luft.

»Gut«, meinte Leon leise. »Dann haben wir ja Gesellschaft. Vielleicht erfahren wir ja etwas über Mafaldus Horus.«

Miranda blieb stehen. »Wäre es nicht besser, wir würden jetzt unsere Kräfte bündeln? In der Hütte sind wir nicht ungestört.«

»Du hast recht«, sagte Leon. »Also gut. Tun wir es gleich.« Er stieß seinen Wanderstab in den Boden. Der Stab blieb aufrecht stehen. Leon griff nach Mirandas und Elenas Hand. »Lasst uns einen Kreis bilden!«

Elena tastete nach Mirandas Hand, die sich feucht und kühl anfühlte. Elena spürte, wie nervös ihre Freundin war. Wahrscheinlich hatte sie Angst vor der großen Verantwortung, die ihr Leon mit dem Amulett aufgebürdet hatte.

»Das klappt schon«, flüsterte Elena und drückte Mirandas Hand. Miranda erwiderte zaghaft den Druck. Ihr Gesicht war angespannt. Die Leuchtkugel schwebte nun neben ihr in der Luft.

Leon begann mit dem Ritual. Er sprach zuerst einige Worte in der Runensprache, die Elena schon öfter bei Miranda gehört hatte. Hinter ihnen im Wald begann ein Wolf zu heulen – ein lautes, hohles Jammern. Elena bekam eine Gänsehaut.

»Uns allen nützt
dreifache Macht,
dreifach beschützt
in dunkler Nacht!«

Eine Art Stromstoß ging durch Elenas Körper. Sie fühlte eine ungeheure magische Kraft, die sie drei miteinander verband. Zum ersten Mal wurde Elena bewusst, was für ein mächtiger Magier ihr Vater war. Stärker als Mona. Stärker als der Rest der Familie zusammen …

Wärme durchflutete Elena. Sie hatte den Eindruck, dass sie, Miranda und Leon Bredov einige Sekunden lang in der Dunkelheit leuchteten – eine kraftvolle Aura aus Magie. Dann verblasste der Schein und das Wärmegefühl verschwand. Sie ließen einander los.

Miranda räusperte sich als Erste. »Ich … ich spüre das Amulett nicht mehr«, sagte sie leise. »Es ist, als würde ich es gar nicht mehr tragen. Vorher habe ich es immer gefühlt, wie ein Pulsieren auf meiner Brust.«

Leon nickte. »Das ist ganz in Ordnung, Miranda. Der Tarnzauber wirkt jetzt dreifach. Das Amulett ist vor den *Schwarzen Zauberkutten* geschützt.«

Miranda entschlüpfte ein Seufzer der Erleichterung. Sie lachte Elena an.

»Alles in Ordnung mit dir?«

»Klar«, antwortete Elena. »Ich bin nur unheimlich müde vom vielen Laufen und meine Füße tun mir weh.«

»Mir auch. Ich glaube, ich habe sogar Blasen«, sagte Miranda. »Aber darum kümmere ich mich, wenn wir in der Hütte sind.« Sie fasste Elena sachte am Arm. »Bist du auch so aufgeregt wie ich?«

Elena nickte. »Ich bin wahnsinnig nervös.«

Leon drängte zum Aufbruch. »Los, lasst uns gehen. Und versucht, euch wie echte *Schwarze Zauberkutten* zu verhalten. Ihr seid meine Enkelinnen, habt noch nicht so viel Erfahrung mit schwarzer Magie, aber ihr wollt alles wissen.

Deswegen hofft ihr auch, dass Mafaldus Horus zurückkehrt, der euer großes Vorbild und Ideal ist.«

»Sozusagen der Star unter den Schwarzmagiern«, ergänzte Miranda.

»Genau«, erwiderte Leon. »Ich sehe, du verstehst, was ich meine.«

Als sich die drei dem Lagerfeuer vor der Hütte näherten, verstummte das Gespräch der Zauberer. Die Magier blickten den Ankömmlingen erwartungsvoll entgegen.

»Seid gegrüßt«, sagte Leon, als er nahe genug am Feuer war. »Ich hoffe, in der Hütte ist noch Platz für meine beiden Enkelinnen und mich. Wir haben einen weiten Weg hinter uns und sind froh, wenn wir uns ausruhen können.«

Ein Mann im mittleren Alter erhob sich. Die Flammen beleuchteten sein Gesicht. Elena sah seine dunklen Augen, die glänzten, als habe er Fieber.

»Wie lautet die Parole?«, fragte er.

Elenas Herzschlag setzte für einen Moment aus. Wie gut wusste ihr Vater Bescheid? Hatte er als Geheimagent die nötigen Informationen, wie sich die *Zauberkutten* untereinander verständigten?

Leon blieb gelassen. »Sei gegrüßt, Mafaldus, der den Traum durchschreitet und den Tod überwinden wird«, antwortete er ruhig.

»Und er wird die Macht übernehmen über beide Reiche und sie wieder vereinigen«, erwiderte der Zauberer. Er lächelte Leon freundlich an. »Wer bist du, mein Freund? Ich erinnere mich nicht, dich schon einmal bei einem unserer Treffen gesehen zu haben.«

»Ich lebe normalerweise sehr zurückgezogen, aber bei dieser wichtigen Versammlung muss ich unbedingt dabei sein«, sagte Leon. »Ich bin Meridius Ahorn und das hier sind meine Enkelinnen Serena und Amanda.«

»Seid in unserer Mitte willkommen«, sagte der Zauberer. »Ich bin Theobaldus Magnus. Du hast meinen Namen sicher schon gehört, Meridius.«

»Er ist mir nicht ganz unbekannt«, erwiderte Leon. »Gibt es noch ein freies Plätzchen zwischen euch am Feuer, damit wir uns wärmen können? Die Nacht in diesen Wäldern ist schon recht kühl.«

Die Magier rückten zur Seite. Elena war wie erstarrt. Theobaldus Magnus! Mit diesem Zauberer war ihre Mutter verlobt gewesen, bevor sie Leon kennengelernt hatte. Jolanda hatte sich dann für Leon entschieden, sehr zum Verdruss Monas, die in Theobaldus den idealen Schwiegersohn gesehen hatte. Und jetzt stellte sich heraus, dass dieser Zauberer, dessen vornehme Abstammungslinie weit zurückreichte, zu den *Schwarzen Zauberkutten* gehörte!

Leon fasste Elena am Arm. »Komm, Serena, setz dich mit Amanda zwischen Theobaldus und mich!«

Elena gehorchte und hockte sich auf den dicken Baumstamm, der vor dem Feuer lag. Miranda warf ihr einen verstohlenen Blick zu, und Elena wusste, dass sie jetzt gerne mit ihr über Theobaldus geredet hätte. Miranda kannte die Geschichte auch, Mona hatte Theobaldus oft genug nachgetrauert. Was Mona wohl zu der veränderten Situation sagen würde?

Miranda schnürte ihre Schuhe auf, schlüpfte heraus, betrachtete ihre strapazierten Füße und bewegte die Zehen.

»Tatsächlich. Zwei große Blutblasen.« Sie machte ein gequältes Gesicht und wollte gerade zu einem Zauberspruch ansetzen, doch Theobaldus kam ihr zuvor.

»Darf ich helfen?« Und schon schoss ein grüner Blitz aus seinem Zeigefinger und hüllte Mirandas Füße in einen heilenden Lichtschein.

»Da-danke«, stammelte Miranda. »Das wäre nicht nötig gewesen, ich … ich hätte es schon selbst hinbekommen …«

»So jungen Damen hilft man doch gerne«, säuselte Theobaldus und lachte.

Elena hatte eigentlich auch ihre Schuhe ausziehen und ihre Blasen versorgen wollen, aber jetzt versteckte sie ihre Füße unter ihrem Kleid. Sie wollte nicht, dass Theobaldus Magnus sie mit schwarzer Magie heilte. Sie hätte sich beschmutzt gefühlt.

»Bist du zum ersten Mal bei so einer Versammlung?«, fragte Theobaldus Miranda.

Miranda streifte ihre blonden Zöpfe zurück. »Ja, aber ich habe schon viel von Mafaldus Horus gehört. Was für ein interessanter Magier! Ich möchte zu gerne einmal persönlich mit ihm reden, das ist mein sehnlichster Wunsch.«

»Er ist der größte Magier, der je gelebt hat«, sagte Theobaldus. »Keiner beherrscht die schwarze Magie besser als er. Wir alle können von ihm viel lernen.«

»Stimmt es, dass er dreihundert Jahre alt geworden ist?«, wollte Miranda wissen.

»Das wird erzählt«, bestätigte Theobaldus.

Elena wurde noch unruhiger.

Sie fand es ziemlich waghalsig von Miranda, sich mit Theobaldus Magnus über Mafaldus Horus zu unterhalten. Das war ein ziemlich heikles Thema. Hoffentlich merkte man nicht, dass Miranda einige Insider-Informationen fehlten und sie und Elena gar nicht zu den *Schwarzen Zauberkutten* gehörten!

Elena wusste nur das, was sie einmal im Internet über Mafaldus Horus gefunden hatte. Doch Miranda schien inzwischen weiter nachgeforscht zu haben. Sie kannte etliche Details aus Mafaldus' Lebenslauf, und so fachsimpelten sie und Theobaldus über verschiedene Dinge.

Allmählich verlor Elena ihre Nervosität und musste zugeben, dass sie Miranda für ihren Mut und ihr Wissen bewunderte. Sie spielte ihre Rolle als Anhängerin der schwarzen Magie einfach glänzend!

Leon Bredov hatte seinen Proviantbeutel geöffnet und verteilte gebratene Hähnchenschenkel an Elena und Miranda. Sie rochen würzig und schmeckten köstlich. Während sie dazu gekochte Kartoffeln aßen, musste Elena daran denken, dass Jana versprochen hatte, am Sonntag für sie gefüllte Blätterteigtaschen zu machen. Ob Elena und Miranda die Verabredung überhaupt einhalten konnten? Wer weiß, was noch alles passierte …

Das Feuer brannte langsam herunter. Inzwischen waren noch ein paar andere Reisende eingetroffen. Elena hatte den Verdacht, dass einige davon zu den Wölfen gehörten, die sie unterwegs gesehen hatten.

Es wurde Zeit, schlafen zu gehen. Da in der Hütte nicht genug Platz war, legten sich die Männer draußen um die Feuerstelle. Die Mädchen und Frauen bereiteten sich drinnen in der Hütte auf dem Lehmfußboden ein Schlaflager.

Elena lag dicht neben Miranda. Ihre Arme berührten sich. Der Boden war hart und ungemütlich, aber niemand kam auf die Idee, sich eine weiche Matratze zu hexen. Anscheinend wollten die *Schwarzen Zauberkutten* nicht als verweichlicht gelten. Elena dachte sehnsüchtig an ihr Bett zu Hause, mit dem schönen Sternenhimmel. Dann überlegte sie, wie es Rufus wohl gerade erging und ob Daphnes wilde Party noch immer im Gang war …

Ihre Kehle wurde eng. Sie hatte Heimweh.

»Alles wird gut«, murmelte Miranda leise neben ihr.

»Hast du eben meine Gedanken gelesen?«, flüsterte Elena.

»Nein, aber ich weiß trotzdem, was du denkst«, sagte Miranda beruhigend zu ihrer Freundin.

»Du warst vorhin großartig«, wisperte Elena. »Wirklich total überzeugend.«

»Pssst!«, warnte Miranda. Dann setzte sie sich auf und strich über Elenas Füße.

»Was machst du da?«, fragte Elena.

»Nur deine Blasen heilen. Schließlich müssen wir morgen noch ein Stück weiterlaufen, und ich will nicht, dass du humpelst.«

Es kitzelte an Elenas Zehen, als Miranda ihren Zauber durchführte. Aber dann durchströmte sie ein wohliges Gefühl. Die Füße waren ganz warm und schmerzten auch nicht mehr.

»Fühlt sich schwarze Magie eigentlich anders an?«, fragte Elena neugierig.

»Ich habe nichts gemerkt«, antwortete Miranda. »Mir war das nur peinlich, dass sich Theobaldus um meine Füße gekümmert hat. – Das war doch der Kerl, der deine Mutter heiraten sollte, oder irre ich mich da?«

»Nein, das ist richtig«, flüsterte Elena ihr zu und ergänzte dann noch:

»Theobaldus und meine Mutter waren schon verlobt.«

»Wie gut, dass sie ihn nicht geheiratet hat! Sonst wäre Theobaldus jetzt dein Vater – und du wärst wirklich ein Mitglied der *Zauberkutten*!«

Elena drehte den Kopf, um zu sehen, ob niemand ihr Gespräch belauschte. Aber die anderen Hexen im Raum schliefen entweder schon oder sie unterhielten sich leise miteinander. Keiner schien auf sie zu achten.

»Ob dein Vater noch auf ihn eifersüchtig ist?«, überlegte Miranda.

»Keine Ahnung«, sagte Elena.

»Stell dir vor, Theobaldus würde deinen Vater erkennen und dann würden sich die beiden duellieren.«

Miranda kicherte.

»Das stelle ich mir lieber nicht vor. Lass uns jetzt schlafen. Sonst sind wir morgen todmüde«, antwortete Elena und gähnte.

»Gute Nacht«, sagte Miranda. Sie kicherte wieder. »Und bitte keine *Amormagie*!«

»Ach, du liebe Zeit!« Elena erschrak bei der Vorstellung. *Amormagie* wäre wirklich das Letzte, was sie jetzt brauchen konnte. Sie würde sich vor all den *Schwarzen Zauberkutten* blamieren! »Glaubst du, es passiert mir heute Nacht wieder? Dann bleibe ich lieber wach!«

»Schlaf ruhig«, sagte Miranda versöhnlich. »Es wird schon nichts geschehen.«

»Und wenn doch?«

»Keine Sorge! Wenn ich etwas merke, werde ich dich sofort wecken.«

»Lieb von dir«, murmelte Elena und kuschelte sich an Miranda. Wenig später waren die beiden Hexenmädchen eingeschlafen.

Schlafende Magie ist unberechenbar!

Elena erwachte, als der Morgen graute. Die Zauberer vor der Hütte waren schon auf den Beinen und bereiteten das Frühstück zu. Es roch nach Kräutertee und Kaffee, außerdem brutzelten in einer Pfanne über dem Feuer Eierpfannkuchen.

Elena setzte sich auf und brachte ihr Kleid in Ordnung. Sie hatte darin geschlafen und es war jetzt ziemlich verknittert. Den schwarzen Umhang hatte sie als Decke benutzt.

Miranda neben ihr schlief noch. Ihr Gesicht wirkte entspannt und sie lächelte sogar im Schlaf.

Elena fragte sich, wie Miranda so ruhig sein konnte. Sie selbst hatte eine schlechte Nacht verbracht und war sich immer der Gegenwart der fremden Zauberer und Hexen bewusst gewesen. Auch jetzt spürte Elena schon wieder die Anspannung im Bauch und in der Brust. Ihr Herz schlug nervös und schnell, sie fühlte ihre innere Unruhe. Aber sie war sich sicher, dass sie nachts keinerlei *Amormagie* produziert hatte. Wenigstens das nicht, zum Glück, das hätte sie völlig nervös gemacht.

Sie zupfte Miranda am Ärmel. Miranda stöhnte, schob Elenas Hand weg und drehte sich auf die andere Seite. Elena kniff sie wieder, diesmal in den Rücken. Jetzt schnellte Miranda hoch.

»Was zum Teufel ...« Sie verstummte. Auf ihrem Gesicht erschien ein Ausdruck der Verwirrung. »Oh Elena, du ahnst nicht, was ich gerade geträumt habe. Ich war an einem unglaublich schönen Sandstrand, vor mir glitzerte das Meer. Neben mir lag ein Junge, den ich noch nie gesehen hatte, aber ich wusste, dass ich ihn liebte und er mich.« Sie sah sich erschrocken um. »Ach du liebe Zeit, habe ich etwa *Amormagie* hervorgerufen?«

Elena beruhigte sie. »Ich habe nichts davon mitgekriegt.«

Miranda lächelte wieder. »Ich bin ja auch nicht wirklich verliebt. Ich habe nur davon geträumt, wie es sein könnte.« Sie spielte mit einem Zipfel ihres Umhangs. »Mich würde allerdings schon interessieren, ob es diesen Jungen in Wirklichkeit irgendwo gibt ...«

»Meinst du, es war ein Zukunftstraum?«, fragte Elena ihre Freundin interessiert.

»Schön wär's.« Miranda seufzte. »Aber ich habe neulich im Fernsehen eine Sendung über Schlaf und Träume angesehen. Im Traum sind die Gefühle besonders intensiv. Und wenn man von der großen Liebe träumt, dann sind das nur heftige chemische Reaktionen im Gehirn und keine Dinge, die in der Wirklichkeit von Bedeutung sind.«

»Menschen«, murmelte Elena, und es klang etwas verächtlich. »Sie wollen immer alles wissenschaftlich erklären.«

Miranda nickte. »Genau. Liebe. Anziehungskraft. Die Menschen behaupten, es läge alles an der Chemie. Wenn man beispielsweise jemanden gut leiden kann, dann würde man hauptsächlich auf den Geruch des anderen reagieren.«

»Wie unromantisch!«

Zukunftstraum

Manche Hexen und Zauberer haben die Fähigkeit, Ereignisse im Traum vorherzusehen. Dabei wird unterschieden zwischen zufälligem Träumen und dem Traum, der bewusst herbeigeführt wird (auch Trance genannt), um Kenntnisse über den Verlauf der Zukunft zu erhalten.
Bei beiden Arten von Träumen ist es schwierig zu unterscheiden, ob es sich um wirkliche Hellsicht oder um ein Gemisch aus Erwartungen, Sehnsüchten und Wahrscheinlichkeiten handelt. Die Aussagekraft eines Zukunftstraums – ohne weitere magische Hilfsmittel – ist daher sehr ungenau.
Überprüfen lassen sich solche Zukunftsträume eigentlich erst im Nachhinein, wenn die Ereignisse, von denen man geträumt hat, auch tatsächlich eingetreten sind. Hat eine Hexe oder ein Zauberer häufig Träume, die später wahr werden, dann kann man von einer gewissen Naturbegabung sprechen.

»Ja – ohne jeden Zauber.« Miranda holte tief Luft. »Aber du weißt ja, wie es ist: Jeglicher Zauber ist den Menschen verdächtig. Dabei hängen Liebe und Magie in Wahrheit untrennbar zusammen. Aber die meisten Menschen sind in diesem Punkt völlige Ignoranten.«

Elena nickte. So ein bisschen Ablästern tat manchmal gut. »Nele und Jana natürlich ausgenommen.«

»Natürlich«, bestätigte Miranda. »Die wissen ja Bescheid.«

Die beiden Mädchen standen auf und gingen nach draußen. Sie waren die Letzten, alle anderen hatten die Hütte schon verlassen.

Drei Hexen standen neben der Tür und übten gerade Beschwörungsformeln. Sie verstummten, als Miranda und Elena an ihnen vorbeigingen. Elena spürte ihre stechenden Blicke im Rücken. Hatten die Hexen Verdacht geschöpft, dass Elena und Miranda gar keine *Schwarzen Zauberkutten* waren? Oder hatten sie etwas von ihren Gesprächen mitbekommen?

Elena spürte wieder, wie das Unbehagen in ihr aufstieg. Falls Miranda nervös war, dann ließ sie sich nichts anmerken. Elena beneidete sie um ihre Coolness.

»Na, auch Hunger?«, fragte eine freundliche Stimme. »Wollt ihr Pfannkuchen oder lieber geröstetes Brot?«

Die Mädchen sahen zur Seite und erblickten einen jungen, sehr gut aussehenden Zauberer mit schwarzen Haaren und hellen blauen Augen. Miranda wurde knallrot. Ihr Mund klappte auf und wieder zu, ohne dass sie etwas sagte. Der Zauberer lächelte sie an. Mirandas Lippen zitterten, dann lächelte sie zurück.

»Also – was mögt ihr?«

»Für mich bitte geröstetes Brot«, sagte Elena und gab Miranda einen heimlichen Rippenstoß. Was war nur mit ihr los?

»Äh …ja … für mich bitte auch«, stotterte Miranda. Ungeschickt nahm sie das Brot in Empfang. Der Zauberer hatte es auf ein Aststück gespießt. Es hätte nicht viel gefehlt, und das Brotstück wäre in den Schmutz gefallen.

»Entschuldigung ... und äh … danke«, stammelte Miranda.

»Macht doch nichts.« Der Zauberer strahlte sie an. »Ich heiße übrigens Eusebius Tibus, und wer seid ihr?«

»Miranda Leuwen«, sagte Miranda.

Elena durchfuhr ein Schreck. Miranda hatte versehentlich ihren wahren Namen genannt!

Es wurde Miranda im selben Moment bewusst und sie biss sich auf die Lippe.

»Ich bin Serena Ahorn«, log Elena und nahm sich das Brotstück, das Eusebius ihr reichte.

»Seid ihr allein hier?«, fragte er.

»Nein, wir begleiten meinen Großvater«, antwortete Elena schnell, bevor Miranda wieder etwas Falsches sagen konnte.

»Ich bin auch mit meinem Onkel hier, Theobaldus Magnus«, sagte Eusebius. »Wollt ihr Marmelade oder lieber Honig?«

»Honig«, sagte Elena.

»Marmelade«, antwortete Miranda.

Eusebius reichte ihnen zwei Schälchen. »Kaffee oder Tee gibt es dort drüben bei meiner Tante«, sagte er und deutete auf die andere Seite des Feuers. Er lächelte die Mädchen noch einmal an. »Dann bis später.«

»Ja, bis später«, echote Miranda wie ein hypnotisiertes Kaninchen.

»Ich wusste gar nicht, dass Theobaldus verheiratet ist«, sagte Elena, als sie mit Miranda das Feuer umrundete und sich in die Getränke-Schlange einreihte. »Da kann Oma Mona ja endlich aufhören, sich Hoffnungen auf einen anderen Schwiegersohn zu machen.«

Miranda sagte nichts, sondern kaute stumm auf ihrem Stück Brot.

Elena ließ ein bisschen Abstand zu ihrem Vordermann und flüsterte: »Mann, Miranda, was war denn vorhin mit dir los? Hast du deinen Verstand verloren oder hat dich jemand verhext?«

»Der Zauberer«, wisperte Miranda und bekam wieder feuerrote Wangen. »Eusebius. Das ist der Junge aus meinem Traum. – Oh Elena, er ist es wirklich! Warum habe ich von ihm geträumt? Hat das etwas zu bedeuten?«

Sie war völlig durcheinander.

»Vielleicht hast du ihn gestern Abend unbewusst wahrgenommen und deswegen von ihm geträumt«, meinte Elena. Am liebsten hätte sie Miranda an den Schultern gepackt und geschüttelt, damit sie wieder zur Vernunft kam. »Der Traum hat überhaupt nichts zu bedeuten! Und nenn mich bitte *Serena*! Vorhin hast du auch den falschen Namen gesagt.«

»Tut mir leid«, sagte Miranda zerknirscht. »Ich weiß auch nicht, was mit mir los ist. Hast du seine Augen gesehen? Blau wie das Meer ...«

»Aber er ist Theobaldus' Neffe!«, zischte Elena. »Weißt du, was das bedeutet? Theobaldus ist wahrscheinlich ein ziemlich hohes Tier bei den *Zauberkutten*, und wenn Eusebius hinter unser Geheimnis kommt, dann kannst du dir vorstellen, was passieren wird!«

Eine steile Falte erschien zwischen Mirandas Augenbrauen. Sie wurde blass. »Verdammt, du hast recht, Elena ... Wir müssen sehr vorsichtig sein.«

»*Serena*«, korrigierte Elena nervös.

»Wollt ihr keinen Kaffee oder warum geht es nicht weiter?«, ertönte eine ungeduldige Männerstimme von hinten.

»Ja, ja, schon gut«, sagte Miranda, und sie und Elena rückten in der Schlange auf.

Wir müssen uns wirklich zusammennehmen, dachte Elena mit klopfendem Herzen. Sie hielt Ausschau nach ihrem Vater und entdeckte ihn schließlich in einer Gruppe Männer, mit denen er sich angeregt unterhielt. In der Hand hielt er einen Becher mit Tee. Er wirkte wie ein echtes Mitglied der *Schwarzen Zauberkutten*, und nichts wies darauf hin, in welcher Mission er wirklich unterwegs war. Er spielte seine Rolle so gut, dass Elena auf einmal richtig stolz auf ihren Vater war. Zum ersten Mal überlegte sie, ob sie nicht auch Geheimagentin werden sollte. Ob sie das schaffen würde, wenn sie sich sehr anstrengte? Miranda hatte ja auch schon genaue Pläne über ihre Zukunft, sie wollte Diplomatin werden. Elena nahm sich vor, ihren Vater einmal zu fragen, welche Voraussetzungen für eine Geheimagentin nötig waren und wie man so etwas werden konnte.

»Kaffee oder Tee?«, fragte eine Frau vor ihr.

Elena war ganz in Gedanken gewesen. Sie hatte gar nicht gemerkt, dass sie inzwischen an der Spitze der Schlange angelangt waren.

»Tee bitte«, antwortete Elena hastig.

Während die Frau Tee in einen hölzernen Becher schöpfte, hatte Elena Gelegenheit, sie zu betrachten. Das war also die Frau, die Theobaldus Magnus anstatt ihrer Mutter geheiratet hatte. Die Fremde sah hübsch aus, aber sie hatte ganz kalte grüne Augen. Ihr rotes Haar war lang und glatt. Sie war sehr schlank in dem eng anliegenden Kleid, das sie unter ihrem schwarzen Umhang trug. Das Kleid sah wertvoll aus und war mit glitzernden Steinen geschmückt. Bestimmt waren es magische Steine, die die Zauberkraft der Trägerin stärken sollten.

»Hier!«

»Danke.« Elena nahm den Becher mit Kräutertee und berührte dabei die Hand der Frau. Es war, als würde sie einen elektrischen Schlag bekommen. Sie hatte das Gefühl, dass ein Blitz in ihre Finger fuhr, rasend schnell alles durchdrang und dann ihren Körper wieder verließ – in weniger als einer Sekunde.

Elena zitterte, als sie mit ihrem Teebecher auf Miranda wartete. Dann gingen sie ein paar Schritte zur Seite.

»Mist! Ich glaube, Theobaldus' Frau hat mich eben beim Teeeinschenken gescannt«, flüsterte Elena Miranda ins Ohr und erzählte, was sie gespürt hatte.

»Bist du sicher?« Miranda hob die Augenbrauen. »Gescannt in einer halben Sekunde? Das geht doch gar nicht! Glaub mir, ich hab in solchen Sachen Erfahrung.«

Doch Elenas Unruhe war wieder da. »Die kennt vielleicht ein paar Spezialtricks. Und schau mal, all die Glitzersteine. Die trägt sie sicher nur, damit ihre Zauberkräfte noch stärker wirken.«

»Mich hat sie jedenfalls nicht gescannt«, sagte Miranda und sah sich vorsichtig um, ob jemand sie belauschte. Aber niemand war direkt in der Nähe und die beiden Mädchen redeten wirklich sehr leise.

»Zum Glück«, entgegnete Elena. »Sonst hätte sie vielleicht das Amulett bemerkt.«

»Traust du dem Tarnzauber so wenig?«, fragte Miranda. »Elena – das Ding ist bei mir *sicher*, wirklich!«

»*Serena*«, flüsterte Elena kraftlos. Sie nippte an ihrem Tee. Er schmeckte würzig und gut. Die beiden Mädchen hockten sich auf einen der Baumstämme und verzehrten ihr Frühstück. Sie waren gerade damit fertig, als Theobaldus Magnus das Zeichen zum Aufbruch gab.

»Ihr wisst ja, liebe Gefährten, wir sollen spätestens um halb zwölf Uhr am Treffpunkt sein, damit das Ritual rechtzeitig beginnen kann.«

Der Weg war steinig, außerdem hatte der letzte Regen den Boden aufgeschwemmt und große Kuhlen geschaffen. Sie gingen in kleinen Gruppen. Im Laufe des Vormittags kamen noch mehr Zauberer und Hexen aus anderen Richtungen und schlossen sich ihnen an. Manche flogen auch mit dem Besen durch die Luft, aber dann landeten sie auf dem Weg, um das letzte Stück zu Fuß zurückzulegen. Als Elena zählte, kam sie auf fast zweihundert *Zauberkutten.*

Eine Zeit lang ging Eusebius neben ihnen. Er verwickelte Miranda in ein lebhaftes Gespräch, und Elena drückte unter ihrem schwarzen Umhang die Daumen, dass sich Miranda nicht verplapperte. Doch die beiden schienen sich gut zu unterhalten. Elena hörte, wie Eusebius von seiner Kindheit erzählte, und Miranda steuerte einige eigene Erlebnisse bei. Strahlende Blicke gingen hin und her, und Elena registrierte mit einem Seufzen, dass Miranda dabei war, sich bis über beide Ohren in den jungen Zauberer zu verlieben. Normalerweise hätte sich Elena für Miranda gefreut – aber musste es ausgerechnet Theobaldus Magnus' Neffe sein?

Am späten Vormittag erreichten sie eine große Ebene. Sie war karg wie eine Mondlandschaft. Nur ein einzelner großer Baum stand in der Mitte. Er sah beeindruckend aus. Sein Stamm war so dick, dass zehn Männer nötig waren, um ihn zu umfassen. Statt Blätter besaß der Baum lange spitze Dornen. Seine Äste und Zweige reichten bis auf den Boden und bildeten eine Art Dach.

Elena spürte sofort, dass der Baum etwas Besonderes war. Sie fühlte auch das Unheimliche, das von ihm ausging. In diesem Baum steckte eine schwarze Macht, etwas sehr Gefährliches.

Es hatten sich etliche Zauberer und Hexen auf der Ebene versammelt. Sie lagerten rund um den Dornenbaum. Elena schätzte, dass es jetzt insgesamt drei- bis vierhundert Leute waren.

Die Sonne, eine bleiche Scheibe, stand hoch am Himmel, der mit Wolken verhangen war. Es war fast Mittag.

Theobaldus Magnus redete mit einigen anderen Zauberern, die so aussahen, als hätten sie eine wichtige Funktion. Elena hätte gerne gewusst, worüber sie sprachen.

»Sie werden versuchen, alle Magie zu bündeln, und damit Mafaldus Horus beschwören«, sagte Miranda, die sich auf die Erde gesetzt hatte, um ihre Schuhe neu zu schnüren. Sie runzelte die Stirn. »Ich wette, dieser Baum hat etwas damit zu tun. Kannst du seine Kraft auch spüren?«

»Ja«, antwortete Elena und hockte sich neben ihre Freundin.

Miranda wirkte blass. Es war nicht nur der lange, anstrengende Fußmarsch. Elena merkte, dass Miranda Angst hatte. Beruhigend legte sie ihr die Hand auf den Arm.

»Ich musste gerade wieder daran denken, was neulich nachts passiert ist«, sagte Miranda. »Vielleicht wird es wahr, Elena! Mafaldus wird mich fangen, weil ich sein Amulett trage, und mich mit in die Unterwelt nehmen.«

»Unsinn.« Elena hatte einen trockenen Hals. Mirandas Schreckensvision kam ihr im Moment gar nicht so abwegig vor. Es lag wahrscheinlich an der düsteren Stimmung ringsum. All die *Schwarzen Zauberkutten*, die dunklen, drohenden Wolken und der rätselhafte Dornenbaum …

»Vergiss nicht, warum wir hier sind und wer mein Vater ist«, flüsterte Elena.

Miranda nickte. »Ich versuch's.«

»Und wenn wir ihm geholfen haben, dann sind wir auch … Heldinnen«, sagte Elena leise. Es fiel ihr schwer, das letzte Wort auszusprechen; es klang so ungewohnt, so etwas von sich zu behaupten. Aber das wollte sie gerne sein: eine Heldin. Es wäre schön, einmal im Mittelpunkt der Bewunderung zu stehen, Seite an Seite mit Miranda, gleichwertig … Elena seufzte tief.

Miranda sah sie an. »Was hast du?«

»Ach, nichts«, erwiderte Elena und deutete mit dem Kopf nach vorne. »Schau mal, ich glaube, es geht jetzt gleich los.«

Der Zauberer, der neben Theobaldus Magnus stand, ergriff das Wort.

»Ich begrüße euch zu diesem außergewöhnlichen Treffen, meine Freunde, und freue mich, dass ihr so zahlreich erschienen seid. Möge unsere wichtige Mission möglichst bald von Erfolg gekrönt sein!«

Elena hörte, wie sich zwei Hexen neben ihr unterhielten.

»Wer ist dieser gut aussehende Mann?«, fragte die eine.

»Das ist Ägidius Grausum, der Vorsitzende der *Zauberkutten*. Und der, der neben ihm steht, ist sein Stellvertreter Theobaldus Magnus«, antwortete die andere.

Theobaldus ist also tatsächlich ein hohes Tier bei den *Zauberkutten*, dachte Elena und zog fröstelnd die Schultern hoch. Während Ägidius redete, schien die Lufttemperatur ständig zu sinken. War dieser Temperatursturz normal? Oder lag es an der Macht seiner Worte, dass es auf einmal so kalt wurde?

» … unsere Kräfte bündeln und das große Beschwörungsritual vollführen«, sagte Ägidius und drehte sich zu Theobaldus um, der zustimmend nickte. »Wir beginnen mit dem

Zauberspruch zur Totenerweckung aus dem verbotenen Buch *Necronomicon.*«

Die Zauberer und Hexen stellten sich nun in Gruppen von neun Personen auf und bildeten Kreise.

Plötzlich war Leon wieder bei den Mädchen, an seiner Seite zwei ältere Zauberer. Miranda, Elena, die beiden Hexen, Leon und die Männer formten ebenfalls einen Kreis und fassten sich gegenseitig an den Schultern. Nachdem Ägidius ein Zeichen gab, begann ein Gemurmel in einer fremden Sprache, die Elena nicht kannte.

»Das ist Altägyptisch«, flüsterte Miranda Elena zu. »Ich hatte in *höherer Zauberei* mal eine Lehrerin, die uns zwei Stunden Altägyptisch gegeben hat. Die Sprache ist ziemlich schwer. Leider verstehe ich nicht, was jetzt gesagt wird.«

Es schien sich um mächtige Zauberworte zu handeln, denn die Temperatur fiel weiter, bis unter den Gefrierpunkt. Elena hatte das Gefühl, dass ihre Füße erstarrten und ihre Nase zu einem Eisklotz wurde. Ihre Zähne schlugen aufeinander. Obwohl es gerade Mittag war, verfinsterte sich der Himmel, als sei es mitten in der Nacht. Ein starker Ostwind kam auf und trieb schwarze Wolken vor sich her, die sich am Himmel zu drohenden Bildern formten. Elena sah eine große Faust, eine schreckliche Fratze, ein Ungeheuer ... So schnell, wie die Bilder entstanden, zerflossen sie auch wieder, aber das Gefühl der Bedrohung blieb. Es wurde sogar noch stärker.

Elena hatte den Eindruck, dass sie allmählich von einer dunklen Macht umhüllt wurden. Sie spürte die Gegenwart der schwarzen Magie als Vibrieren auf der Haut. Auch Miranda zitterte. Sie warf Elena einen gequälten Blick zu. Ihr Gesicht war totenbleich.

»Er kommt«, flüsterte sie.

Das rhythmische Gemurmel steigerte sich zu einer Art Gesang, der lauter und lauter wurde. Grelle Blitze zuckten am Himmel. Ein ohrenbetäubender Donner ertönte, als ein Blitz senkrecht in den Dornenbaum fuhr und seine Krone spaltete.

Ein Aufschrei ging durch die Menge. Ägidius löste sich aus seinem Kreis, drehte sich in Richtung Baum und breitete die Arme aus.

Elena sah fassungslos zu, wie sich der Stamm veränderte. An verschiedenen Stellen erschienen Ausstülpungen. Zwei Astlöcher wurden zu Augen. Eine Stirn wurde sichtbar, danach ein Kinn. In der Mitte wuchs eine Nase. Immer klarer zeichnete sich ein Gesicht ab. Schließlich erkannte Elena im Dornenbaum ganz deutlich den Kopf eines Mannes: Mafaldus Horus!

Ägidus warf sich vor dem Baum auf den Boden. »Seid gegrüßt, großer Meister!«

Auch Theobaldus Magnus und seine Frau sanken ehrfürchtig auf die Knie.

Wieder fuhr ein blauer Blitz in den Baum. Diesmal wuchsen Mafaldus Schultern und Arme. Sein Oberkörper war schon deutlich zu erkennen. Trotz des heulenden Windes vernahm Elena Mafaldus' Stimme.

»Ich grüße euch, meine treuen Anhänger! Habt Dank für eure Kraft, die es mir ermöglicht, hier vor euch zu erscheinen!«

Seine Augen brannten wie zwei glühende Kohlen. Sie schienen alles und jeden zu erfassen. Die Macht, die Mafaldus ausstrahlte, war unglaublich.

Miranda stöhnte. Sie krallte ihre Finger in Elenas Arm.

»Ich kann nun zwar zu euch sprechen, aber eure Aufgabe ist noch nicht zu Ende«, rief Mafaldus, und es war, als ließe seine Stimme den Boden vibrieren. »Führt euer Ritual fort, damit ich noch mehr Kraft bekomme und diesen Baum verlassen kann.«

Das Gemurmel der Menge setzte wieder ein und wurde zum Beschwörungsgesang. Unzählige kleinere Blitze zielten auf den Dornenbaum. Äste fielen zu Boden, manche fingen an zu brennen und verglühten auf der Erde.

»Spürst du das auch?«, keuchte Miranda und ihr Griff wurde noch fester. »Der Tarnzauber ... er zieht daran ... Hilf mir, Elena ...«

Elena wusste, was Miranda meinte. Sie fühlte es ebenfalls. Es war eine Art Zerren, so als wollte ihr jemand das Kleid vom Leib reißen. Zu sehen war nichts, aber die magische Kraft zog und zog. Elena nahm all ihre Konzentration zusammen und versuchte, eine unsichtbare Schutzmauer um sich und Miranda zu errichten. Doch das Ziehen wurde stärker und fühlte sich jetzt an, als würde jemand an ihrer Haut zupfen. Das Zupfen wurde zum brennenden Schmerz. Elena biss die Zähne zusammen. Als sie den Kopf wandte und zu Miranda schaute, sah sie den leuchtenden Punkt unter Mirandas Kleid. Das Amulett! Es schimmerte durch den Stoff!

Miranda krümmte sich. Sie ließ Elena los und bedeckte mit ihren Armen die Brust, um das verräterische rote Glühen zu verbergen. Elena sah sich Hilfe suchend nach ihrem Vater um. Voller Entsetzen bemerkte sie, dass auch er seine Tarnung verlor. Er war nicht mehr der alte Mann wie zuvor, sondern er sah schon halb aus wie Leon Bredov.

Elena weinte vor Angst und presste die Fäuste vor den Mund. Der Beschwörungsgesang verstummte. Sie spürte, wie sich die Aufmerksamkeit auf sie richtete, und sie fühlte Mafaldus' glühende Augen, die nun in ihre Richtung blickten. Miranda schrie laut auf, brach zusammen und konnte sich gerade noch mit den Händen abstützen. Das Amulett erstrahlte unter ihrem Kleid wie ein funkelnder Stern. Der rote Schein hüllte Miranda ein, erreichte Elena und ihren Vater. Leons Tarnung war jetzt vollkommen verschwunden.

»Du!« Mafaldus' Stimme schwoll an wie Donnergrollen. »DU HAST ETWAS, DAS MIR GEHÖRT!«

Miranda wimmerte.

»Papa«, rief Elena. »Tu doch was! Bitte!«

Leon sah sie kurz an, riss die Arme hoch und verschwand in einem Lichtblitz.

Ein Raunen ging durch die Menge.

Elena war fassungslos. Ihr Vater hatte sich in Luft aufgelöst! Er ließ sie einfach im Stich! Ihre Knie wurden weich, sie fiel auf den Boden und klammerte sich an Miranda.

»Nehmt die beiden Mädchen gefangen!«, befahl Mafaldus.

Elena war wie betäubt. Das alles durfte doch nicht wahr sein! Bestimmt träumte sie nur, dass die Zauberer ihr und Miranda die Hände auf den Rücken banden und ihre Füße fesselten.

Sie wurden zu einem großen Stein geschleift. Theobaldus war es, der einen Zauber aussprach und den Stein mit den Fesseln verband. Weglaufen war ausgeschlossen.

Elena spürte, wie ihr die Tränen über die Wangen liefen. Aus ihrer Kehle drang ein ersticktes Schluchzen.

Warum half Papa ihnen nicht? Warum hatte er sich so feige davongemacht?

Theobaldus' Frau griff an Mirandas Hals und zog das Amulett aus ihrem Ausschnitt hervor. Triumphierend hielt sie es hoch. Die anderen Hexen und Zauberer jubelten. Der rote Kristall funkelte und leuchtete.

»Bring es her zu mir!«, rief Mafaldus Horus. »Es ist mein Amulett und es wird mich ins Leben zurückführen!«

Theobaldus Magnus begleitete seine Frau zum Dornenbaum. Sie trugen das Amulett gemeinsam, so als sei es zu schwer für eine einzelne Person. Dann überreichten sie es feierlich Mafaldus Horus, der schon seine Hand danach ausstreckte, die aus dem Baum hervorkam.

»Ha!« Mit einem freudigen Schrei riss der Magier das Amulett an sich und legte die Kette um seinen Hals. Aus dem Schmuckstein stieg eine rote Spirale empor, die sich um Mafaldus' Oberkörper ringelte wie eine Riesenschlange. Ein gewaltiger roter Blitz flammte auf, gefolgt von einer ohrenbetäubenden Explosion.

Elena war einen Moment lang geblendet. Als sie wieder sehen konnte, war Mafaldus Horus aus dem Baum gestiegen. Er war frei.

Ein großer Jubel brach unter den *Schwarzen Zauberkutten* los. Einige warfen sich vor Ehrfurcht flach auf den Boden. Die meisten streckten die Arme empor und stießen Huldigungen aus.

»Ihr seid endlich zu uns zurückgekehrt, großer Meister!«

»Ja, das große Werk ist vollbracht!«

»Ab jetzt wird sich alles verändern! Ein neues Zeitalter beginnt!«

Mafaldus Horus strahlte. Seine Augen funkelten. Es war ein unnatürliches Glitzern, das Genießen seiner Macht. Elena, noch immer wie gelähmt vor Entsetzen, konnte die Spannung spüren, die in der Luft lag. Sie fühlte die Anwesenheit der schwarzen Magie, und die Kraft war ungeheuer.

Elena hatte bisher nur mit weißer Magie zu tun gehabt. Auch diese war mächtig, aber weiße Magie hatte etwas Heiteres, Schwereloses. Sie diente dazu, Gutes zu bewirken und das Leben zu erleichtern. Schwarze Magie dagegen beschäftigte sich mit Rache, Strafe, Macht, Reichtum und Tod und war viel schwieriger zu kontrollieren als weiße, graue oder grüne Magie. Derjenige, der schwarze Magie ausübte, wurde sehr leicht zum Werkzeug der Magie selbst.

»Ich habe alles falsch gemacht«, wimmerte Miranda neben Elena. »Ich konnte die Tarnung nicht aufrechterhalten. Jetzt hat er das Amulett und wird uns bestimmt vernichten!«

»Nein, dich trifft wirklich keine Schuld«, murmelte Elena automatisch. *Wenn es einen Schuldigen gibt, dann meinen Vater,* dachte sie. *Er hat Miranda das Amulett gegeben. Und dann ist er einfach geflohen und überlässt uns unserem Schicksal.*

Es war ungeheuerlich! Elena war so enttäuscht von Leon, dass es ihr fast egal war, ob Mafaldus sie töten würde oder nicht. Wie konnte sie weiterleben mit dem Bewusstsein, dass ihr Vater sie so verraten hatte? Alles, woran sie geglaubt hatte, war zusammengebrochen! Sie hatte ihrem Vater vertraut und nie an seiner Unschuld gezweifelt, als er verurteilt worden war. Und wie oft hatte sie den Leguan aus seinem gläsernen Terrarium genommen und ihm ermutigende Worte zugesprochen!

Und jetzt?

Alles war vorbei!

»Wie konntest du nur so etwas tun, Papa?«, flüsterte Elena mit tränenerstickter Stimme.

Ihr Inneres war so leer, dass sie nicht einmal die Kraft hatte, ihn zu hassen.

Die unterschiedlichen Arten von Magie

WEISSE MAGIE

Das Kennzeichen der weißen Magie ist, dass sie in der Regel niemandem ernsthaft schadet. Ihr Ziel ist es, Erleichterungen zu schaffen und gestörte Harmonie wiederherzustellen.

ZUR WEISSEN MAGIE GEHÖREN:

- Hellsehen, Zukunftsträume, Wahrsagerei
- kleinere Liebeszauber (die nicht den Willen beugen), Harmonisierung von Freundschaften und Beziehungen
- Aufspüren verlorener Gegenstände
- Änderungen von Formen und Farben
- Verwandeln von Gegenständen in andere Gegenstände
- Fliegen mit dem Besen
- Heilzauber
- Schutzzauber
- Metamorphose (Verwandlung in ein Tier)
- und vieles mehr …

GRAUE MAGIE

ist eine weiterführende Form der weißen Magie. Sie wird aggressiver und auch zu egoistischen Zwecken ausgeübt und bedient sich manchmal schwarzmagischer Praktiken:

- Kommunikation mit Verstorbenen
- Beeinflussen von Personen, damit sie Dinge gegen ihren Willen tun (fortgeschrittener Liebeszauber, Zusammenführen von Charakteren, die eigentlich unvereinbar sind)
- Heraufbeschwörung von Stürmen und Unwettern
- Abwendung und Umlenkung von Flüchen
- leichter Schadenszauber, der dauerhafte Folgen hat (z. B. das Anhexen von Eselsohren oder Warzen)

Je mächtiger der Gegner, desto schwieriger der Zauber

Ja, es wird jetzt wirklich eine neue Ära beginnen«, rief Mafaldus Horus und breitete seine Arme aus. »In diesem Land wird sich alles verändern. Weg mit dieser armseligen Zauber-Bürokratie, die alles regeln und alles bestimmen will! Diejenigen, die die mächtigsten Zauberer sind, werden in Zukunft die Regierung übernehmen. Ich danke euch, meine lieben Freunde!«

Lauter Beifall ertönte, der nicht enden wollte. Mafaldus musste sich mit einem zischenden Blitz Ruhe verschaffen.

»Und es ist nicht nur dieses Land, das sich ändern wird. Wir werden uns ausbreiten und die Menschenwelt übernehmen. Wir werden uns rächen für das Unrecht, das die Menschen uns in der Vergangenheit angetan haben. Diese Nichtskönner mit ihren unterentwickelten Fähigkeiten! Es lebe der *Homo sapiens magus*!«

Plötzlich näherte sich von Westen her ein schwarzer Wirbelsturm. Die Windsäule wirbelte blitzschnell heran. Die Hexen und Zauberer stoben erschrocken auseinander, um nicht von der zerstörerischen Kraft getroffen zu werden. Wenige Meter vor Mafaldus kam der Wirbelsturm zum Stehen. Die Säule fiel zusammen und an ihrer Stelle stand Leon Bredov. Er trug seinen schwarzen Umhang mit der silbernen Bordüre. Auf seiner Brust funkelte ein Amulett mit einem roten Stein. Es sah haargenau aus wie das Amulett, das Mafaldus Horus trug.

Ein Aufschrei der Überraschung ging durch die Menge.

Auch Elena schnappte nach Luft. Was hatte das zu bedeuten?

»Haltet still«, flüsterte da eine Stimme hinter ihr und Miranda.

Elena drehte den Kopf und erblickte neben dem Stein, an den sie und Miranda gefesselt waren, Eusebius, den jungen Hexer. Er war auf dem Bauch zu ihnen herangerobbt. Mirandas Augen leuchteten hoffnungsvoll auf.

»Schaut nach vorne«, wisperte Eusebius. »Ich bringe euch von hier weg. – Still, damit niemand etwas merkt.«

Elena drehte ihren Kopf wieder nach vorne. Ihre Gedanken waren völlig konfus. Eusebius wollte ihnen helfen? War er nicht Theobaldus Magnus' Neffe? Konnte es sein, dass Eusebius gar nicht zu den *Schwarzen Zauberkutten* gehörte? Warum trug ihr Vater ein Duplikat des magischen Amuletts? Fragen über Fragen …

»Bevor du die Zauberwelt veränderst und die Menschenwelt übernimmst, müssen wir beide noch eine Sache regeln«, rief Leon Bredov.

»Wer bist du, und warum wagst du es, ein Amulett zu tragen, das dem meinigen gleicht?«, stieß Mafaldus aus. Er war blass geworden. »Weißt du nicht, dass es dieses Amulett nur einmal auf der Welt gibt? Es ist einzigartig, denn es wurde aus dem Urfeuer der Erde geschaffen.«

»Es gibt zwei«, erwiderte Leon. »Ein Original und eine Fälschung. – Und nun rate, welches Amulett du hast.«

Es wurde so still, dass Elena ihren eigenen Herzschlag hören konnte. Hinter ihr raschelte es leise, und sie merkte, wie ihre Fesseln lockerer wurden. Sie konnte die Hände schon ein wenig bewegen.

Miranda neben ihr keuchte. »Was bedeutet das, Elena?«, flüsterte sie.

»Ich weiß es nicht«, wisperte Elena zurück. Ihr war ganz heiß vor Aufregung.

»Ruhig halten«, raunte von hinten Eusebius' Stimme. »Ich muss den Fesselzauber lösen …«

Mafaldus Horus griff an sein Amulett. Seine Finger berührten die Fassung und glitten über das Auge. Plötzlich schoss ein Flammenkegel aus dem Amulett und formte sich zu einem riesigen Drachenkopf. Der Drache riss sein Maul auf, und es sah aus, als wollte er den Magier verschlingen.

Aber Mafaldus reagierte rechtzeitig. Er riss seine Arme hoch. Aus allen zehn Fingern fuhren blaue Blitze und bohrten sich in den Drachenkopf. Der Kopf verfärbte sich, wurde violett und zerstob in lauter Funken.

»Eine Falle«, sagte Mafaldus böse, riss sich das Amulett vom Hals und schleuderte es auf den Boden. Es brannte sich in die Erde ein. »Verflucht sei deine Helferin!« Sein Blick suchte Miranda.

Miranda spürte, wie etwas Unsichtbares durch die Luft auf sie zuflog. Eusebius sprang hinter dem Stein hervor, riss die Arme hoch, und ein Schutzschild bildete sich vor Miranda und Elena. Elena hatte instinktiv nach Mirandas Arm gegriffen und die Freundin auf den Boden gezogen. Jetzt erst wurde ihr bewusst, dass sie ihre Hände wieder frei bewegen konnte.

Das unsichtbare Etwas, das Mafaldus auf Miranda abgefeuert hatte, durchbrach den Schutzschild, traf den Stein und ließ ihn in tausend Splitter zerspringen.

Eusebius warf sich über die Mädchen, es gab eine weitere Explosion, und Elena hatte das Gefühl, durch ein schwarzes Loch zu sausen.

Leon und Mafaldus standen sich gegenüber, hoch konzentriert, zwei erbitterte Gegner.

»Du willst ein Zauberduell auf Leben und Tod?«, fragte Mafaldus. »Das kannst du haben. Glaub nicht, dass mein Amulett dich schützt. Das Amulett schenkt seine Kraft nur seinem Besitzer – und der bin ich.«

Er machte eine Handbewegung, als wollte er sich die Haare zurückstreifen. Doch dann schnippte er mit den Fingern, und das Haar, das er sich blitzschnell ausgerissen hatte, wurde zu einem Speer aus grünem Licht. Die Waffe sauste mit einer unglaublichen Geschwindigkeit durch die Luft. Die Zuschauer sahen, wie sich der Speer in Leons Kehle bohrte und dort stecken blieb.

Doch Leon trat einfach aus sich heraus. Zwei Sekunden lang gab es ihn zwei Mal, dann löste sich der Doppelgänger, dem der Speer im Hals steckte, auf. Die Waffe fiel auf den Boden, während Leon unverletzt danebenstand.

»Ein guter Trick«, sagte Mafaldus spöttisch. »Du bist schlauer, als ich gedacht habe.« Er bewegte unmerklich das Handgelenk. Ein glühender Käfig erschien in der Luft und stülpte sich über Leon. Auf dem Boden ringelten sich lauter schwarze Schlangen.

Leon Bredov ließ sich nicht aus der Ruhe bringen. Er streckte die Hand durch das Gitter – darauf bedacht, die glühenden Stäbe nicht zu berühren – und ließ den Zeigefinger kreisen.

»In contrarium!«

Mafaldus' Haare verwandelten sich in unzählige grüne Speere, lösten sich vom Kopf, kehrten sich in der Luft um und schnellten zurück, um sich in sein Haupt zu bohren. Doch der Magier reagierte rasch genug und schützte sich mit einem schwarzen Helm, der nur die Augen freiließ.

Mittlerweile hatte sich Leon aus seinem Käfig befreit. Er hatte das Metall noch mehr erhitzt, bis es flüssig geworden war. Die Stäbe waren geschmolzen und bildeten nun auf dem Boden eine dampfende Pfütze, in der die Schlangen zischten. Leon aber war über die Pfütze gesprungen und stand auf festem Boden, bereit, Mafaldus' nächsten Angriff abzuwehren.

Und der ließ nicht lange auf sich warten. Mafaldus bewegte die Lippen und sprach eine Beschwörung. Vor Leon öffnete sich die Erde. Es entstand ein Trichter, endlos tief. Um ein Haar wäre Leon mitsamt dem Geröll in den Abgrund gestürzt. Im letzten Augenblick verwandelte er sich in einen Falken, schoss durch die Luft und blieb über Mafaldus stehen. Das Amulett war noch immer sichtbar. Jetzt löste sich aus dem funkelnden Stein ein rot glühender Dämon mit einer furchterregenden Fratze, schrecklich anzusehen. Der unheimliche Geist stürzte sich auf Mafaldus und machte Anstalten, ihn zu verschlingen.

Ein Aufschrei ging durch die Hexen und Zauberer, die dieses schreckliche Spektakel mit ansehen mussten. Einige wollten Mafaldus zu Hilfe eilen, hielten aber dann doch lieber Abstand von dem wütenden Dämonen, der eine ungeheure Hitze ausstrahlte und alles verbrannte, was in seine Nähe kam. Ein paar Rucksäcke und Beutel, die auf dem Boden abgestellt waren, gingen in Flammen auf.

Leon landete in einem sicheren Abstand und nahm seine menschliche Gestalt wieder an. Sein Umhang hatte Risse bekommen und war an manchen Stellen angesengt, aber das Amulett hing um seinen Hals. Der Stein leuchtete nicht mehr, sondern war farblos und blass.

Niemand konnte im Nachhinein sagen, wie lange der Dämon gewütet hatte. Plötzlich ließ er von Mafaldus ab, wurde zu einer roten Kugel und schlüpfte zurück in den Stein des Amuletts, das wieder zu funkeln begann.

Auf dem Boden aber lag Mafaldus Horus, eine dunkle, reglose Gestalt. Er trug zwar keinen Helm mehr, aber er war nicht zu Asche verbrannt. Sogar sein Umhang war unversehrt geblieben.

Leon griff nach dem Amulett und starrte ungläubig auf den vor ihm liegenden Magier. Jetzt bewegte sich Mafaldus, kam auf die Knie und blickte Leon hasserfüllt an.

»Du kannst mich nicht mit diesem Amulett vernichten«, rief er. »Es tötet mich nicht, denn ich habe es geschaffen. Es ist ein Teil von mir.«

»Es tötet dich nicht, aber es hat dich geschwächt«, gab Leon zurück. Er breitete seine Arme aus. Sein zerfetzter Umfang flatterte. Aus dem Stoff löste sich eine Schar Raben, die auf Mafaldus zuflogen. Der Magier versuchte gerade aufzustehen. Die Raben stürzten sich auf ihn, und Mafaldus hatte Mühe, sein Gesicht zu schützen. Dort, wo die Vögel einen Angriffspunkt fanden, züngelten kleine Flämmchen empor. Mafaldus' Umhang fing an zu brennen, und alle sahen, wie sich der Magier auflöste und zu einer Rauchsäule wurde. Sie drehte sich ein paar Mal um sich selbst und wurde zum Wirbelwind, der sich eilig in den Dornenbaum zurückzog. Der Baum schloss sich hinter Mafaldus.

»Jetzt bist du wieder dort, wo du hingehörst«, rief Leon triumphierend. Dann riss er die Arme hoch und verschwand mit einem Blitz.

»Wo sind wir?«, fragte Elena und rieb sich den linken Fuß. Bei der harten Landung hatte sie sich den Knöchel verstaucht. Es tat weh und das Gelenk schwoll bereits an. Aber mehr Sorgen als um ihre Verletzung machte sie sich um ihren Vater. Was hatte all das zu bedeuten?

Eusebius machte ein zerknirschtes Gesicht, als er die Mädchen anblickte.

»Es tut mir leid, dass du dich verletzt hast. Aber ich musste euch so schnell wie möglich wegbringen, bevor euch Mafaldus etwas antun konnte.«

»Hat er mich verflucht?«, fragte Miranda totenbleich. »War es ein echter Fluch, den du abgewehrt hast, Eusebius?«

Eusebius sah auf den Boden. »Ich habe dich davor geschützt. Ich glaube nicht, dass du etwas davon abbekommen hast, Miranda.«

»Mirandas Stimme klang erstaunt. »Wer bist du eigentlich in Wirklichkeit? Du warst zwar auf der Versammlung, aber gehörst du überhaupt zu den *Schwarzen Zauberkutten*? Warum hast du uns gerettet?«

»Das sind viele Fragen auf einmal.«

»Okay, dann fang eben mit einer Antwort an«, verlangte Miranda.

»Also gut. Es ist nicht ganz einfach zu erklären.« Eusebius räusperte sich. »Wir wollten verhindern, dass Mafaldus wieder an die Macht kommt. Unser Plan war, ihn heute zu vernichten. Es hat leider nicht geklappt.«

»Einen Plan? Von wem stammt er?«

»Von Elenas Vater.« Eusebius warf Elena einen Blick zu. »Wir kennen uns gut, Leon und ich. Wir haben ... sozusagen ... das gleiche Ziel ...«

»Dann bist du auch ein Geheimagent?«, platzte Elena neugierig heraus.

Eusebius zögerte. »Na ja ... Kein Spitzenagent wie dein Vater ... eher noch Anfänger. Aber ich kämpfe an seiner Seite.«

»Mal schön langsam«, meinte Miranda. »Demnach gehörst du also nicht zu den *Zauberkutten*, sondern hast nur so getan als ob? Und dein Onkel, Theobaldus Magnus? Was ist mit dem? Ist er eine echte *Zauberkutte* oder auch ein Agent?«

»Mein Onkel ... steht auf der anderen Seite.« Eusebius schien sich bei dieser Antwort nicht ganz wohlzufühlen. »Ich selber verabscheue schwarze Magie, obwohl mir mein Onkel eine große Karriere in Aussicht gestellt hat. Er hat mich ungeheuer unter Druck gesetzt. Deswegen bin ich froh, dass ich auf Leon Bredov gestoßen bin. Er hat sich den Plan mit dem falschen Amulett ausgedacht. Das Ziel war, dass das gefälschte Amulett Mafaldus Horus vernichtet, sobald er es umhängt. Aber Mafaldus war zu stark. Der Plan hat leider nicht ganz so perfekt funktioniert, wie wir es uns gedacht haben.«

»Dann war das also Absicht, dass Mafaldus *mein* Amulett entdecken soll?«, fragte Miranda atemlos.

»Ja, das war Teil des Plans«, erwiderte Eusebius. »Wir wussten, dass die Aktion sehr gefährlich ist, deswegen sollte ich euch gut beschützen. Es war Leon gar nicht recht, dass ihr beiden Mädchen gekommen seid und nicht seine Frau oder seine Schwiegermutter.«

Elena musste die Neuigkeit erst verdauen. »Hoffentlich passiert meinem Vater nichts!«, sagte sie dann bang. Sie war voller Unruhe. »Meinst du, es gibt ein Zauberduell? Ich muss zu ihm!« Sie versuchte aufzustehen, aber der Knöchel schmerzte zu sehr und sie sank zusammen. »Und wenn Papa verletzt wird? Oder wenn er stirbt?«

»Er wird nicht sterben«, meinte Eusebius. »Leon Bredov ist ein mächtiger Zauberer, er kann sich sehr gut schützen.«

»Und wenn nicht?« Elenas Stimme klang belegt. Mafaldus Horus war noch stärker als ihr Vater. Er war der stärkste Zauberer überhaupt, der je gelebt hatte, so hieß es wenigstens …

Miranda legte beruhigend die Hand auf Elenas Arm. »Deinem Vater wird schon nichts passieren.«

Aber Elena ließ sich nicht beruhigen. Die ganze Aufregung und Anspannung waren zu viel für sie. Am liebsten hätte sie geweint, sie konnte die Tränen gerade noch zurückhalten. Aber ihr war richtig schlecht vor Kummer. Ihre Brust war wie zugeschnürt, und dort, wo ihr Herz saß, war es heiß …

Es dauerte ein paar Sekunden, bis Elena merkte, dass es nicht ihr Herz war, sondern ihr *Transglobkom*, der sich meldete. Mit zitternden Fingern zog sie ihn aus ihrem Ausschnitt hervor und klappte ihn auf.

Die Kugel erschien und darin das Gesicht ihres Vaters. Er sah erschöpft aus. Sein Gesicht war rußig und an der Schläfe hatte er eine Wunde.

»Elena, wo bist du?«, fragte Leon Bredov besorgt. »Wo steckt ihr, du und Miranda?«

»Papa!«, jubelte Elena. »Wie geht es dir? Geht es dir gut? Hat dir Mafaldus etwas getan?«

»Mach dir keine Sorgen um mich«, antwortete Leon. »Ich bin in Ordnung. Jetzt sag mir aber, wohin euch Eusebius gebracht hat. Ich will euch sehen!«

»Ich weiß nicht, wo wir sind.« Etwas ratlos reichte Elena ihren *Transglobkom* an den jungen Hexer weiter, der schon die Hand danach ausstreckte.

»Die Mädchen sind in Sicherheit, Leon«, sagte Eusebius. »Es geht ihnen gut. Elena scheint sich allerdings beim Landen den Knöchel verstaucht zu haben. Wir sind in der Nähe des Rotfelsenflusses, auf den vier Felsen. Nicht sehr gemütlich, aber ich dachte, da sucht uns keiner.«

»Das hast du sehr gut gemacht, Eusebius«, sagte Leon. »Wartet auf mich. Ich werde in ein paar Minuten bei euch sein.«

Sein Kopf verschwand und die Kugel platzte. Eusebius gab den *Transglobkom* an Elena zurück.

»Dein Vater ist gleich hier.«

»Ich hab's gehört«, sagte Elena. Ein riesiger Stein war ihr vom Herzen gefallen. Vielleicht würde dieses Abenteuer ja doch noch gut ausgehen …

Wenig später tauchte Leon Bredov neben ihnen auf. Elena erschrak über sein Aussehen. Sein Umhang hing in Fetzen, sein Gesicht war gerötet und verschwitzt, und das Haar klebte an seinem Kopf, als sei es nass geworden. Sie merkte auch, wie seine Hände zitterten, so müde und abgespannt, wie er war. Aber das magische Amulett hing noch immer an seiner Brust.

Leon ließ sich auf die Felsen fallen. Er umarmte Elena und drückte sie fest an sich.

»Wie gut, dass euch Eusebius in Sicherheit gebracht hat!«

»Ist Mafaldus tot?«, wollte Miranda wissen. »Haben Sie ihn besiegt?«

Leon Bredov schüttelte den Kopf. »Ich habe Mafaldus besiegt«, sagte er. »Aber ich konnte ihn nicht vernichten. Nicht einmal mit dem echten Amulett. Mafaldus hat das Amulett selbst geschaffen und es muss etwas von seiner bösen Kraft in ihm stecken. Deswegen kann das Amulett seinen Schöpfer nicht töten.«

»Und wo ist Mafaldus jetzt?«, fragte Elena mit belegter Stimme.

»Sein Körper ist wieder im Dornenbaum eingeschlossen und seine Seele ist vermutlich in die Unterwelt zurückgewandert«, antwortete Leon.

»Wird er wieder freikommen?«, wollte Elena wissen. Ihr wurde ganz anders bei dem Gedanken.

»Eines Tages vielleicht«, sagte ihr Vater. »Vorerst sind wir vor ihm sicher. Mafaldus Horus ist sehr geschwächt. Er wird lange brauchen, bis er sich erholt.«

»Er hat mich verflucht«, stieß Miranda aus.

»Ich habe sie geschützt«, sagte Eusebius hastig, und wie um seine Worte zu betonen, legte er den Arm um Mirandas Schultern. Miranda wurde knallrot. Eusebius bemerkte es und zog seinen Arm verlegen zurück.

»Der Fluch hat sie nicht getroffen«, fügte er hinzu. »Glaube ich jedenfalls.«

»Es tut mir leid, dass ich euch so in Gefahr gebracht habe«, sagte Leon. »Das war nicht meine Absicht. Eigentlich war es unverantwortlich von mir, euch einem solchen Risiko auszusetzen. Ihr seid noch keine sehr erfahrenen Hexen! Ursprünglich sollte Jolanda oder Mona uns unterstützen und den Lockvogel für das falsche Amulett spielen. Aber nachdem ihr dann aufgetaucht seid, war es leider zu spät, um unsere Strategie komplett zu ändern.«

»Wir haben getan, was wir konnten«, sagte Eusebius. »Ganz umsonst war dieser Kampf jedenfalls nicht. Wir konnten Mafaldus zwar nicht vernichten, aber zumindest haben wir ihn aufgehalten.«

Elena berührte den Arm ihres Vaters. »Und dir ist wirklich nichts geschehen?«

»Die Sache hat mich natürlich eine Menge Kraft gekostet«, antwortete ihr Vater. »Ich werde einige Tage brauchen, bis ich mich regeneriert habe.«

»Ich habe gar nicht gewusst, dass es so viele *Schwarze Zauberkutten* gibt«, sagte Miranda.

»Ja, eine Menge Leute sind Anhänger der schwarzen Magie«, antwortete Leon. »Trotz des Verbots. Wir haben verhindert, dass Mafaldus Horus wieder an die Macht gekommen ist. Aber jetzt wissen die *Zauberkutten*, dass sie beobachtet werden.« Er knetete seine Hände. Elena sah, dass die Haut an seinen Fingern an manchen Stellen aufgerissen war.

»Du musst dich heilen«, murmelte sie mitfühlend.

»Alles zu seiner Zeit«, entgegnete Leon. »Wenn du und Miranda wieder in der Menschenwelt seid, dann werde ich mich um meine Verletzungen kümmern.« Er wechselte mit Eusebius einen Blick.

»Ich fürchte, Eusebius, dass dein Onkel mich vorhin erkannt hat. Er weiß, wer ich bin. Schließlich waren wir früher Rivalen.«

»Wie gut, dass Mama dich geheiratet hat und nicht diesen widerlichen Theobaldus«, brach es aus Elena heraus.

Über Leons Gesicht huschte ein Lächeln. »Ja, das war eine sehr kluge Entscheidung von Jolanda.« Dann wurde er wieder ernst. »Bestimmt wird es sich bei den *Schwarzen Zauberkutten* herumsprechen, dass es Leon Bredov ist, der gegen sie kämpft. Es ist sicherer für euch, wenn ihr alle noch eine

Weile im HEXIL bleibt. Zumindest so lange, bis die Zauberregierung die Angelegenheit einigermaßen unter Kontrolle hat. Es könnte nämlich Racheakte und Anschläge vonseiten der *Zauberkutten* geben!« Leons Augen blickten voller Sorge. »Ich will nicht, dass meine Familie in Gefahr ist.«

»Wenn Sie es erlauben, Leon, dann werde ich die Mädchen nach Hause bringen«, sagte Eusebius. »Ich verspreche, dass ich gut auf die beiden aufpasse.«

»Tu das«, sagte Leon. »Das ist mir sehr recht. Wenn du dich um die beiden kümmerst, dann kann ich inzwischen über die Vorfälle Bericht erstatten und wir verlieren keine Zeit im Kampf gegen die *Zauberkutten.*« Er stand auf, und Elena rechnete damit, dass sich ihr Vater gleich wieder verabschieden würde. Doch dann bückte er sich noch einmal zu ihr herab.

»Dein Knöchel!«

Er berührte das Gelenk mit seiner rechten Hand. Elena spürte, wie wohltuende Kühle von der Berührung ausging und in ihren Knöchel eindrang. Als Leon seine Hand wegzog, waren die Schmerzen verschwunden.

»Danke, Papa«, sagte Elena.

»Ich muss euch danken«, entgegnete Leon. »Für eure Hilfe. Ihr wart sehr tapfer und ich bin richtig stolz auf euch.« Er umarmte seine Tochter. Dann richtete er sich auf. »Ich muss jetzt gehen, aber wir sehen uns bald wieder! Und richtet den anderen viele Grüße von mir aus. Ich liebe euch alle.«

Er riss die Arme hoch und verschwand mit einem leisen Knall.

Gegen Liebeskummer hilft kein Zauber

Miranda war ungewöhnlich schweigsam. Auf der Busfahrt redete sie höchstens zwei Sätze. Elena blickte ihre Freundin immer wieder besorgt an. Sie ahnte, was in ihrem Kopf vorging.

»Du denkst ständig an Eusebius, stimmt's?«, fragte sie, als sie ausgestiegen waren und die Straße entlanggingen. Es war Sonntagmittag und sie wollten Jana besuchen. Jana hatte die beiden zum Mittagessen eingeladen – ihr Dankeschön für Mirandas Zauber. Janas Vorspiel im Gemeindehaus war super gelaufen. Sie hatten gestern Abend telefoniert – kurz, nachdem Eusebius Elena und Miranda nach Hause zurückgebracht hatte. Daphnes Party war noch immer in Gang, und wegen des höllischen Lärms hatten die Mädchen nicht gut miteinander reden können. Elena hatte nur angedeutet, dass in der Zwischenzeit einiges passiert war. Heute würden sie alles ausführlich erzählen.

»Ich weiß nicht, was Eusebius von mir denkt«, sagte Miranda. »Als wir uns kennengelernt haben, war ich sicher, dass er mit mir flirtet. Er hat mich so oft angesehen und dabei so süß gelächelt. Ich dachte wirklich, dass er Interesse an mir hat. Aber jetzt weiß ich ja, dass dein Vater ihn beauftragt hatte, ein Auge auf uns zu haben. Demnach war sein Interesse rein beruflich – und nichts weiter!« Sie kickte ärgerlich einen Stein zur Seite.

»Aber es kann doch trotzdem sein, dass du ihm gefällst«, meinte Elena. »Ich hatte auch den Eindruck, dass sich zwischen euch etwas anbahnen könnte.«

»Wirklich?«, fragte Miranda hoffnungsvoll und lächelte. Doch im nächsten Moment verschwand das Lächeln. »Ich sehe ihn bestimmt nie wieder.«

»Du könntest ihn doch mit deinem *Transglobkom* anrufen«, schlug Elena vor.

»Und was soll ich ihm dann sagen?«, fragte Miranda wenig überzeugt. »Dass ich dauernd an ihn denken muss? Oder dass ich mich in ihn verliebt habe?« Sie tippte sich an die Stirn. »Ich mach mich doch nicht zum Affen!«

»Och, du könntest dich ja auch nur bedanken, dass er uns nach Hause gebracht hat«, sagte Elena. »Und dann fragst du ihn, wie es ihm geht ... Es ergibt sich bestimmt ein Gespräch, da bin ich sicher!« Sie kam sich ein bisschen komisch vor, denn sonst war Miranda die Expertin in Liebesfragen. Sie wusste meistens alles – allerdings rein theoretisch.

Inzwischen waren sie vor dem Haus angelangt, in dem Jana Kleist wohnte. Mit dem Aufzug fuhren sie in den ersten Stock. Besonders Elena liebte es, Aufzug zu fahren. Das war fast wie Magie, obwohl sie wusste, dass eine Menge Technik dahintersteckte.

Miranda läutete an der Wohnungstür. Nele öffnete und strahlte.

»Toll, dass ihr da seid! Jana ist in der Küche, das Essen ist gleich fertig. – Mann, ihr beide seht irgendwie gestresst aus! Besonders du, Miranda! Was ist denn passiert? Haben Jana und ich etwas versäumt?«

Elena machte eine fragende Kopfbewegung. Nele verstand.

»Die Luft ist rein, keine Sorge. Frau Kleist ist ins Kino gegangen, zu einer Matineevorstellung. Wir können ungestört reden.«

Die Mädchen betraten die Wohnung. Hier sah es ganz anders aus als bei Nele zu Hause. Dort herrschte meistens eine heillose Unordnung. Nele hatte drei Geschwister, außerdem gab es noch zwei Katzen, einen Hund und eine Schildkröte. Frau Kleist dagegen hatte nur ein einziges Kind – nämlich Jana – und die Wohnung war immer picobello aufgeräumt. Der Fußboden war mit Parkett belegt, die Möbel waren teure Designerstücke, und im Wohnzimmer stand ein Flügel, auf dem Jana häufig übte.

Aus der Küche kamen Essensgerüche.

»Hmm, das riecht aber lecker!« Elena steckte ihre Nase zur Küchentür herein, um Jana zu begrüßen.

Jana hantierte gerade mit einem Backblech. Sie trug große, karierte Stoffhandschuhe und hatte Hektikflecken auf den Wangen.

»Hallo, Elena, hallo, Miranda. Ich bin gleich so weit. Nele, kannst du schon mal den Tisch decken? Du weißt ja, wo die Sachen sind.«

»Ach, lass mich ein bisschen helfen, ich muss ja für mein Hexendiplom üben«, sagte Elena. Sie konzentrierte sich. Mit einem Fingerschnippen war der Tisch im Esszimmer perfekt gedeckt: vornehme Teller, blitzendes Silberbesteck und funkelnde Gläser. Sogar einen Kerzenleuchter hatte sie herbeigezaubert.

»Super!«, sagte Jana bewundernd. »Das Besteck liegt zwar falsch herum und Weingläser brauchen wir auch nicht, aber sonst ist alles toll. Ich wünschte, ich könnte das auch!«

»Könnt ihr uns nicht beibringen, wie man hext?«, bettelte Nele. »Nur ein kleines bisschen?«

Diese Bitte kam nicht zum ersten Mal. Miranda seufzte.

»Ich hab's doch schon erklärt. Ihr seid Menschen, euch fehlt einfach die magische Begabung. Ein Blinder kann schließlich auch keine Farben sehen.«

Aber Nele gab noch nicht auf. »Aber ihr behauptet ja, dass die Menschen und die Hexen gemeinsame Vorfahren haben. Da könnte es doch sein, dass in uns auch noch ein winzig kleines Fitzelchen Magie steckt, oder?«

»Jetzt essen wir erst einmal«, sagte Jana und verteilte die Blätterteigtaschen auf die Teller. »Und dann erzählt ihr uns, was passiert ist. Du hast gestern so geheimnisvolle Andeutungen gemacht, Elena.«

Das Essen schmeckte wunderbar, obwohl es beinahe kalt geworden wäre, denn Jana und Nele vergaßen vor lauter Zuhören fast zu essen. Sie lauschten gespannt, wie Elena ihnen von dem Notruf erzählte und wie Miranda beschrieb, auf welchem Weg sie in die Hexenwelt gekommen waren. Und als sie hörten, wie Mafaldus Horus aus dem Dornenbaum gestiegen war, stieß Jana ihr Saftglas um.

»Ich wäre gestorben vor lauter Angst!« Miranda brachte den Schaden mit einem Fingerschnippen wieder in Ordnung. Das Glas richtete sich auf und die Flüssigkeit kehrte zurück. »Kleiner Umkehrzauber.« Miranda lächelte.

»Und du bist sicher, dass dich Mafaldus' Fluch nicht getroffen hat?«, fragte Nele nach. »Eusebius behauptet, dass der Schutzschild alles abgewendet hat«, sagte Miranda und seufzte. In ihre Augen trat ein sehnsüchtiger Ausdruck.

»Du hast dich in ihn verknallt«, sagte Jana.

»Kann sein.« Miranda wurde rot.

»Und er?«, fragte Nele. »Ist er auch in dich verliebt?«

»Keine Ahnung.« Miranda zuckte die Achseln. »Wahrscheinlich werde ich ihn sowieso nicht wiedersehen, jedenfalls nicht so schnell.« Elena erklärte ihren Freundinnen, warum sie vorerst in der Menschenwelt bleiben sollten.

»Vor den *Schwarzen Zauberkutten* würde ich mich auch fürchten«, sagte Nele. »Ich glaube, ich könnte überhaupt nicht mehr schlafen. Stellt euch vor, sie würden nachts um euer Haus schleichen ...«

»Ich finde es jedenfalls toll, dass ihr noch länger hierbleibt.« Jana wechselte das Thema und strahlte, dann reichte sie eine Schüssel herum. »Will noch jemand Salat?«

»Mal sehen, was Mama und Oma dazu meinen, wenn sie heute Abend wiederkommen«, sagte Elena, während Miranda eine Portion Salat auf ihren Teller häufte. »Die werden bestimmt schimpfen, wenn sie sehen, dass Daphne eine Party gemacht hat.« Nele grinste.

»Daphne und ihre Freunde sind schon den ganzen Vormittag mit dem Aufräumen beschäftigt«, erzählte Elena.

»Ach, mit euren Zauberkräften geht das bestimmt fix!«, meinte Nele.

»Das ist wahr«, bestätigte Elena.

»Na dann!« Nele hob ihr Saftglas und prostete den anderen zu. »Auf uns und dass wir noch viel Spaß zusammen haben werden!«

»Auf uns und auf die spannenden Abenteuer, die noch kommen, allerdings nicht unbedingt auf eine Begegnung mit Mafaldus Horus«, erwiderte Elena zwinkernd und hob ebenfalls ihr Glas, genau wie Miranda und Jana.

Glossar

✶ Absolutes Gehör:

Eine Hexe, die das absolute Gehör hat, hört die Gedanken anderer Leute. Sie nimmt nicht nur die Gedanken wahr, die ihr Gegenüber gerade im Augenblick denkt, sondern auch alle vergangenen und zukünftigen Gedanken. Sie kann in dem anderen lesen wie in einem Buch und kennt sein Schicksal von der Geburt bis zum Tod. Diese Begabung ist angeboren und kommt vielleicht einmal unter einer Million vor. Eine Hexe, die das absolute Gehör hat, wird in der Hexenwelt mit großem Respekt behandelt und kann in die höchsten Regierungskreise aufsteigen.

✶ Amormagie:

Wenn eine Hexe verliebt ist, treten während des Schlafs oft Lichterscheinungen in der Nähe des Betts auf. Manchmal entstehen auch Gestalten und Figuren, die aber in der Regel zerplatzen, wenn jemand sie anspricht.

✶ Gedankennotruf:

Verständigung ohne Hilfsmittel – direkt von Gehirn zu Gehirn. Da es sehr unangenehm sein kann, ist diese Art der Verständigung nur in Notfällen erlaubt.

✶ Graue Magie:

Eine weiterführende Form der weißen Magie, die auch zu egoistischen Zwecken ausgeübt wird und sich manchmal schwarzmagischer Praktiken bedient wie z.B. Kommunikation mit Verstorbenen, Abwendung und Ablenkung von Flüchen und vieles mehr.

* **Graue Zauberer:**
  Zauberer, die sich mit Angelegenheiten des Alltags beschäftigen und regelnd darauf einwirken. Sie benutzen nicht nur weiße, sondern auch graue Magie, um Strafen zu verhängen.

* **Großes Zaubereigesetzbuch:**
  Umfangreiches Gesetzbuch, das genauestens regelt, wer welche Zaubersprüche im täglichen Umgang anwenden darf.

* **Grüne Zauberer:**
  Zauberer, die im Einklang mit der Natur zaubern und für Harmonie und Ausgewogenheit sorgen.

* **Hexendiplomat:**
  Vermittler zwischen der Hexen- und der Menschenwelt. Dieser Beruf erfordert sehr viel Einfühlungsvermögen und Fingerspitzengefühl, weil die Beziehungen zwischen den Menschen und den Hexen sehr gespannt sind – bedingt durch die vielen Vorurteile, die beide Seiten voneinander haben. Außerdem gab es in der Vergangenheit grausame Hexenverfolgungen, und es ist viel Unrecht geschehen, das nicht mehr gutgemacht werden kann. Das langfristige Ziel des Hexendiplomats sollte sein, Hexen und Menschen miteinander zu versöhnen, sodass sie friedlich miteinander umgehen können.

* **HEXIL:**
  Längerer Aufenthalt in der Menschenwelt, meist zu Forschungszwecken.

* **Höhere Zauberei:**
  Fortgeschrittene Magie, zu der die Erlaubnis erteilt werden muss.

* **Kommunikationskugel:**
  Amulett, mit dem sich die Hexen und Zauberer verständigen.

Kopfkonferenz:

Methode, sich per Gedanken zu verständigen, ohne dass Außenstehende etwas davon mitbekommen. Eine Kopfkonferenz kann am Anfang ziemlich anstrengend sein und muss eingeübt werden.

Landeszauberamt:

Behörde, die unter anderem Reisen in die Menschenwelt regelt.

Lebenszauber:

Sehr schwieriger Zauber aus dem Bereich der weißen oder der grauen Magie. Er soll den Sterbeprozess eines Lebewesens aufhalten oder rückgängig machen. Da man sich nicht der schwarzen Magie bedienen bedarf, erfordert ein Lebenszauber sehr viel Geduld und großes Können. Es ist auch nicht sicher, ob er wirklich gelingt – selbst wenn eine erfahrene Hexe ihn anwendet. Alle Prozesse, die mit dem Tod zusammenhängen und ihn aufhalten oder umkehren sollen, gehören traditionell eher in den Bereich der schwarzen Magie, weil solche Zaubereien in den natürlichen Ablauf des Lebens eingreifen.

Magic Scanning:

Untersuchung einer Person oder eines Tieres mithilfe von magischen Kräften, um festzustellen, ob die inneren Organe in Ordnung sind. Der Zauberheiler berührt den Patienten sanft und langsam. Dabei konzentriert er sich auf die inneren Bilder, die in seinem Kopf auftauchen. Auf diese Weise können Verspannungen und Blockaden entdeckt werden.

Metamorphose:

Verwandlung in ein Tier (gehört zur höheren Zauberei).

Oberamtszaubermeister:

Oberster Beamter des Landeszauberamts.

✶ Outsider-Hill:

Hügelige, sehr schlechte Wohngegend für ausgestoßene und entehrte Zauberer- und Hexenfamilien.

✶ Purpur-Bewegung:

Zauberrituale, bei denen die Farbe Rot eine wichtige Rolle spielt. Auch Blut wird verwendet.

✶ Runensprache:

Uralte Sprache von großer magischer Kraft. Sie wird nur von wenigen Hexen perfekt beherrscht.

✶ Schwarze Zauberkutten:

Geheimgesellschaft, die schon seit mehr als einem Jahrhundert verboten ist. Ihre Mitglieder beschäftigen sich mit schwarzer Magie und vollziehen verbotene Zauberrituale.

✶ Transglobal-Kommunikator, kurz Transglobkom genannt:

Amulett, das die Kommunikation zwischen Hexenwelt und Menschenwelt ermöglicht. Funktioniert im Prinzip wie eine Kommunikationskugel, hat aber größere Reichweite.

✶ Veitstanz:

Unermüdliches Tanzen, oft tagelang, ausgelöst durch einen Zauberfluch. Die Opfer tanzen bis zur völligen Erschöpfung oder sogar bis zu ihrem Tod.

✶ ZGPO:

Abkürzung für zauberische Geheimpolizei.